烏米，
全台灣最勇的 Kada（肩膀），
最棒的打者！

「出去啦！烏米擊出逆轉全壘打，這球就像斷了線的風箏、變了心的女朋友，就像被狗啃了的良心……再也回不來啦！」

也就是在那一天，烏米第一次見到神祕的「Bada 大仔」……

River：「棒球對你是小事，
在恁爸是賭性命啦！」

挑釁的顧客：「所以……你
炸雞排是放油，不是放水的
對不對？」

你這一輩子過得最爽的，
是哪一天？
那是一九九二年了，
在巴塞隆納……
爽什麼？
第一次玩3P唷？
才不只！
那天和我們一起爽的，
全台灣至少超過一千萬P！

趙校長表情嚴肅地說：「你看，
國球將亡、百廢待舉，改變的
時刻到了！烏教練，你準備好了
嗎？」說完，拿了一份宣傳冊子
塞給烏米……

烏米想著博仔說的話：「烏米，你的手臂就算要廢，也是要廢在紅土草地上，不是廢在夜市油鍋裡！……你不是從小就想當教練？現在是最好的機會啊！」

這座看起來乏人照料、設備簡陋的球場，就是青屯高中的棒球場，也是趙校長口中「花了不少銀子蓋的嶄新場地」。

「各位同學，這位是新來的烏米總教練，大家鼓掌歡迎呀！」趙校長向球員介紹烏米。球員們你看我、我看你，不知所措。

誰不想在球場上風光贏球？可是烏米有他的苦衷。但博仔氣沖沖地質問：「你擺爛唷？要你幫個小忙，又沒叫你殺人放火，你是在機歪什麼呀？」

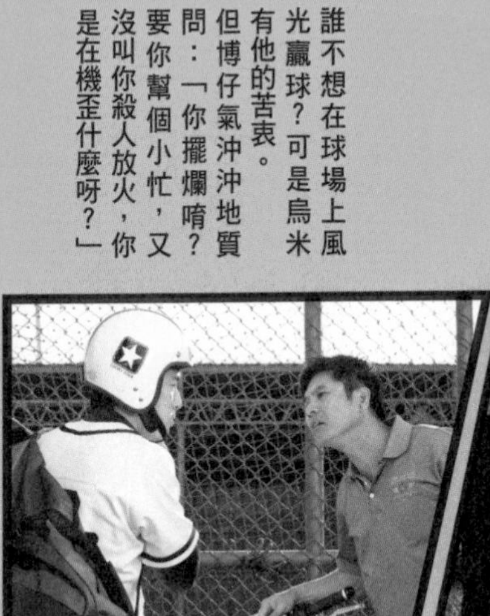

青屯高中棒球隊 正式成軍！

捕手田中凱，綽號「紅面」，臉上有明顯的紅色胎記，父親是日本人，曾經參加甲子園比賽，因此期待紅面能加入棒球隊。

一壘手劉鳳連，綽號「小鳳」，本來是「少臨寺」小和尚，是十足的棒球漫畫迷，不過來台灣之前好像從沒打過棒球……

中外野手兼盜壘王「Speedo」，家庭似乎有黑道背景，四處打工賺錢，養成了油條的個性，只有在球場上是認真的。

隊長兼三壘手黃以樂，綽號「阿樂」，曾是青少棒全壘打王暨MVP，但因故沒有入選國家隊……

投手李建剛，綽號「小剛」，因「兩岸棒球交流計畫」來台，很有潛力，已受到美國大聯盟球隊高度關注。

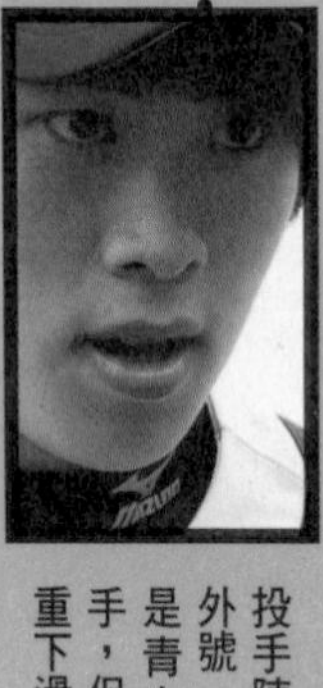

投手陳景森「Mori」，外號「小黃平洋」，曾是青少棒最優秀的投手，但高中之後戰力嚴重下滑，原因不明。

球隊經理「小悠」，也是Mori的女朋友。

總統府專員來校視察，趙校長趕緊迎上前去，中氣十足地說：「歡迎長官蒞臨！」
女長官 Nancy 盛氣凌人，手指烏米說：「校長，這傢伙明明就是放過水的垃圾，你找這種人來，怎麼可能帶好球隊？」

阿樂盯著他那台高級筆電的螢幕，在 ptt 網站八卦版上寫著：「爆卦！你所不知道的青棒內幕！」

「經營球隊最重要的就是錢！錢拿出來，你要我們教練爬就爬、要他滾就滾！」
「OK，那我來 sponsor 你的球隊，是不是就可以管你的教練了？」

Bada 大仔浮現不屑的表情：「趙校長這個人什麼錢都敢收，再這樣亂搞，怎麼死的都不知道！」
「這個『軟絲仔』（Nancy 的台語諧音）擺明是衝著我來的……」烏米若有所思地說。

經過 Nancy 的整頓規畫，青屯棒球場幾乎有標準練習球場的水準了。

球場邊緣有一座貨櫃屋，有電燈、冷氣、電腦等設備，Nancy 把她的資料、設備搬進去安頓好。

眾人在球員休息室打麻將、吃滷味。

「ㄟ，你們說，軟絲仔是要整頓球隊，還是想幹嘛？」小悠好奇地問大家。

「她看來不是壞人，搞不好這麼一鬧，我們球隊就變強了。」

「可是教練常說：要贏還不容易，問題是怎麼贏？還有，贏了以後咧？」

「你們知不知道我為什麼叫博仔？因為我是運動傷害博物館呀！Tommy John手術（手肘尺骨附屬韌帶重建手術）、半月軟骨斷裂、關節唇撕裂、疲勞性骨折，連阿奇里斯腱我都斷過！」聽到博仔這些「豐功偉業」，球員們睜大眼睛，驚訝得下巴都要掉下來。

經過一個多月密集的訓練，青屯高中棒球隊有了長足進步，不但開始贏球，眼神也有了為團體奮戰的亮光，看台上的紅面爸高興得樂不可支。

贏球後，Bada 大仔設宴款待主力球員。酒過三巡，學生們都已經喝茫，只聽到博仔用走音的歌聲搞笑唱著：
「別人的手臂仔，是框金又包銀，阮的手臂仔不值錢；別人呀若喊疼，是隨送病院，阮若是加哭爸，唸咪就吃自己～」

Nancy 向阿樂的議員爸爸指控校長貪污、球隊背後有黑道介入，烏米趕緊去阿樂家把 Nancy 帶走。
「領隊，看在今天贏球的分上，別鬧了好不好？」烏米向 Nancy 求饒。
「我沒鬧呀！我只想得到一個答案……你為什麼背叛棒球？為什麼放水？」
「你對我這種態度，因為你是我的球迷嗎？」
「我不只是你的球迷，你還救過我一命！」

打擊練習場裡，落寞的 Nancy 不斷用力揮棒，卻連揮了好幾個空棒，沒有一球打得到。

「沒想到，你真的成了我的領隊。」烏米表情複雜地看著 Nancy。
「沒想到，你會背叛棒球。」Nancy 說完用力一揮，或許是淚水迷濛了雙眼吧，她還是……一球都揮不到。

烏米和博仔喝著酒，心情很沉重。突然，烏米大聲吼了出來：「我想要好好教球啦！我不要那些孩子和我們一樣，一輩子被罵垃圾、被人看不起啦！」

烏米整個人脫胎換骨，他決心帶好球隊，
好好培養這群充滿潛力的孩子。
他要將「忠誠」、「永遠相信棒球」
這樣的棒球精神傳遞給年輕球員，
讓他們體會棒球的意義，
以及在球場上馳騁的快樂。

「會不會怕？」踏進久違的棒球場，博仔的心有一些忐忑。

烏米像是為自己打氣，有力地說：「怕？本壘都敢盜了，還有什麼好怕的？」

博仔笑著用力拍了拍他的肩膀，那個全台灣尚勇的肩膀，準備要扛起一切的肩膀。

Nancy和烏米居然被球場的Kiss cam拍到，Nancy主動吻了烏米，一股久未有過的悸動，在烏米麻痺已久的心中慢慢甦醒。他發現，感情這種事，除了激情和衝動，還包含了責任、奉獻、面對犯過錯的自己，以及面對未來的勇氣。

慶祝青屯高中打入全國聯賽決賽，父老鄉親在土地公廟前辦了十幾桌酒席。阿樂突然紅著眼眶對烏米說：「教練……我……我想要和你們說……對不起！」從一開始對烏米充滿敵意，到現在全心信任，烏米明白這一切都是因為阿樂熱愛棒球。

冠軍決賽前夕，烏米和博仔帶著忐忑，走進Bada 的豪宅。水池裡的人影倏然躍起，映入眼簾的是一大片色彩鮮豔的日本浮士繪刺青。不知為什麼，今晚這樣的場合，那刺青顯得格外怵目。

Bada 大仔語帶不屑地說：「我這輩子最討厭的，就是和棒球認真的人！」

「如果你們存著放水的心，哪怕只是動動念頭，那你們到了未來，腰桿就再也挺不直了！」「現在唯一要做的，就是全心全意，球來就打。其他所有的鳥事，通通都交給我！」

博仔知道，他們和 Bada 大仔的這場球賽終於來到九局下半，兩好三壞、兩人出局的局面，烏米的打算是：賭一球，全力揮棒！博仔和烏米來個花式擊掌，兩人雙手緊握，一切，盡在不言中。

阿宗師帶領球員們再度來到土地公廟前，把球具一一在香爐前過火。球員們嚴肅的神情中帶著一絲擔憂，他們祈求著球隊的勝利，也祈求著青屯高中棒球隊未來一切平安。

「烏米教練是最棒的教練，場外的事他還在解決，所以大家今天別想太多，只要負責贏球就好了！」「嗨啦，青屯！」全隊激勵出更高的士氣，要為教練打一場好球！

博仔和烏米衝進Bada大仔的豪宅，他們並肩的身影，彷彿回到年輕時相互扶持打球、身著中華隊制服為國征戰一般，那樣威風凜凜、萬夫莫敵！

「那些孩子欠你多少，我擔了！大仔，是不是我擔得起，你就可以放過我們球隊？」

「擔？你用什麼擔呀？」Bada大仔輕蔑地笑著。

「全台灣最勇的kada，擔得起吧？」烏米拔起桌上的獵刀，比著自己的右肩。

烏米對著手機大吼：「領隊，看sign！」他往自己的頭和肩上比了幾下……視訊雖不完整，但阿宗師和Nancy都看出那個暗號了！

阿宗師說：「領隊，既然教練下了這個sign，我們就得照著做……你好好看著，看我怎麼處理！」

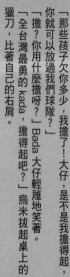

「各位喜愛棒球，熱愛棒球，沒有棒球就吃不下飯，睡不著覺，甚至就活不下去的棒球痴、棒球狂、各位球迷朋友大家好，打ㄍㄟ賀，胎ㄍㄚˇ後……歡迎各位透過緯來體育台的現場直播，與台中洲際棒球場的球迷一起欣賞青春熱血的全國高中棒球聯賽的總冠軍決賽！今天的比賽是由去年的冠軍西苑高中，對上今年異軍突起的青屯高中，兩支球隊從預賽開始一路過關斬將，分別代表了台灣青棒的不同球風，今天的比賽一定精采可期，敬請各位觀眾一同為兩隊加油！」

數年後……

「這麼低叫好球？」打擊的 River 盯著擔任裁判的大塊頭。

「幹，好壞球小事而已，你是在兇啥洨？」

「幹！棒球對你是小事……在恁爸是賭性命啦！」

River 與大塊頭扭打成一團，獄卒趕緊把 River 拉到一旁。

「River，別理他啦……對了，上回說的那個高中青棒的冠亞軍決賽，後來咧？」

「後來喔……後來不重要啦！」

「可是都拚到這種程度了，不贏很可惜嘛。」

「棒球沒那麼複雜啦……恁爸就是想好好看場球賽，甘有那麼困難？」

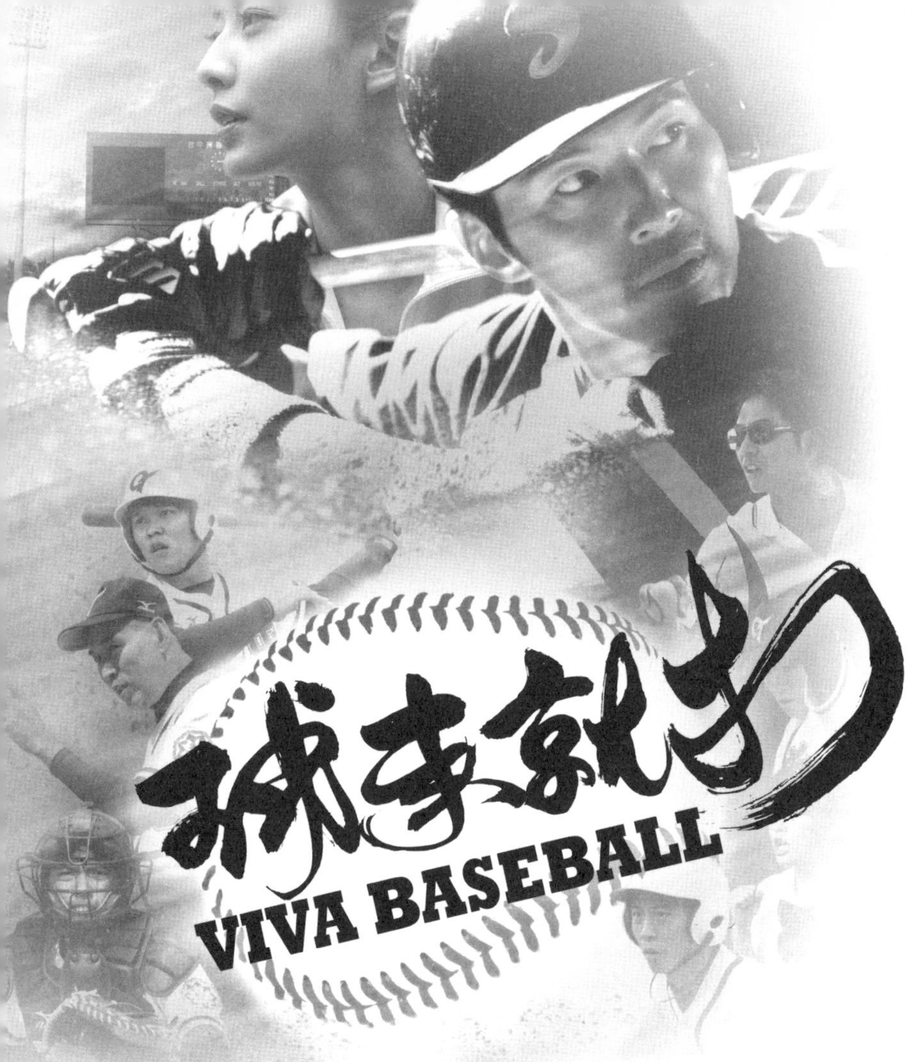

原創劇本◎涂芳祥 小說共同創作◎周彥彤

遠流出版公司

依姓名筆畫排序

《球來就打》小說熱血推薦

尹祺（《夜奔》《黑狗來了》導演）
周采詩（知名藝人）
林智勝（職棒 Lamigo 桃猿隊重砲）
徐立功（《臥虎藏龍》監製）
徐展元（緯來體育台主播）
張芯瑜（知名藝人）
陳金鋒（台灣巨砲）
蔡明里（緯來體育台主播）

目錄

【熱血推薦】（依姓名筆畫排序） 7
找回棒球曾帶給我們最原始的感動　尹祺（《夜奔》《黑狗來了》導演）
讓你歡笑、讓你熱血沸騰也讓你哭泣的深深感動　周采詩（知名藝人）
球來就打，爽快犀利！　徐立功（《臥虎藏龍》監製）
球員的羞愧與懺悔，球迷的傷痛與期許　徐展元（緯來體育台主播）
尋回生活中失去已久的熱血與初心　張芯瑜（知名藝人）
從中找到人生的答案、勇氣和能量　蔡明里（緯來體育台主播）

【作者序】 12
請想起棒球曾給你的原始感動，在你失意沮喪時給你的力量　涂芳祥

楔子 19

第1章　球來，怎麼打？ 22
棒球對你是小事，在恁爸是賭性命啦！

第2章　嗨啦，青屯！ 39
學生的球衣怎麼貼成那樣……咱們是丐幫嗎？

第3章　我們教練，沒救了啦！ 65
要贏球，那還不容易？問題是：為什麼要贏？要怎麼贏？就算贏了……之後呢？

第4章　棒球哪有這麼簡單？ 98
對棒球，你別太認真，否則，心會痛的……

第5章　Homerun Sign 120
我只想知道，我這輩子……還有沒有得救！

第6章　集訓的最後一課 142
以前我們那個年代，打球有很多很糟糕的事。我希望，那不會再發生在你們身上……

第7章　球是圓的，勝負有誰知道？ 172
棒球這種事，在玩什麼把戲，你到底是懂不懂呀？

第8章　球來……就打！ 197
我是個棒球員，這輩子，就只會打棒球……
只要給我一次機會，一次就好，我會讓你們很快想起，什麼叫「全台灣最勇的 kada」！

終章　比賽過後 226

【熱血推薦】

依姓名筆畫排序

找回棒球曾帶給我們最原始的感動

尹祺（《夜奔》《黑狗來了》導演）

在某個年代，棒球曾帶給我們最原始的感動。如果沒有《球來就打》這個劇本，我可能還在努力構思一個精采的棒球故事來拍。《球來就打》對台灣棒球進行批判，微言大義之手法令人拍案叫絕，所以看完劇本我就毫不猶豫告訴自己：就是它了！

由於對電影中捨棄的幾場戲耿耿於懷，編劇黑米（涂芳祥）決心以小說的方式，恢復原著劇本裡某些人物或情節的本來面貌。我贊成他的執著。活在一個被大量的聲音和影像所氾濫的環境裡，我們往往忽略了文字作品的魅力。

讀者們會發現，《球來就打》除了電影所呈現的熱血、浪漫與荒謬個性之外，原來背後還有如此豐富的趣味與細節：一個瘋狂球迷編劇的創作初衷，是要找回對棒球的感動，找回真正的台灣精神。

讓你歡笑、讓你熱血沸騰也讓你哭泣的深深感動

周采詩（知名藝人）

憑著一股對棒球與創作的熱血，放棄了原本高薪穩定的科技新貴職業，踏上編劇之路。這是我對黑米第一個印象。懷著對於「完全不同領域的門外漢，是否能做好編劇工作」的疑慮，開始了我們的工作。是的，黑米感動我了。不是被他華麗的詞藻或是過於雕琢的文字，而是一種最原始、最純粹的感情所深深感動。

每個人一定都曾為了某件事瘋狂。一個偶像，一首歌，或是，一場球賽。隨著時間與現實的琢磨，那份熱情也許已經被遺忘了。《球來就打》，喚起了我內心深藏的那份單純的感動。

你還記得你深愛的那件事嗎？是否還記得那個讓你歡笑、讓你熱血沸騰，也讓你哭泣的那份連結？如果你和我一樣遺忘了，來看《球來就打》吧。你會和我一樣，生命變得更有色彩。

球來就打，爽快犀利！

徐立功（《臥虎藏龍》監製）

《球來就打》的編劇黑米是個很有趣的年輕人，他對電影與棒球有著無比的熱情與衝勁；反應在他的劇本裡，他能將沉重的社會批判議題、人生的挫折與希望、棒球的熱血與活力，以黑色幽默的劇情巧妙串連，整體風格一如片名「球來就打」，爽快犀利！

而作者以小說的體裁重新改寫這個作品，終究能夠突破電影製片規模與導演詮釋作品的限制，直接傳達作者的原創理念。讀完全本小說一氣呵成、暢快淋漓，無論讀者是否喜歡棒球、了解棒球，相信都可以在閱讀的過程之中，充分享受一場作者口中的「夢之球宴」，同時為台灣棒球最原始的感動，再次歡呼！

球員的羞愧與懺悔，球迷的傷痛與期許

徐展元（緯來體育台主播）

我曾經在電視轉播職棒時說過，那些打放水球的球員，在他們生命即將終結的那一刻，心中最遺憾與懊悔的事，肯定是背叛了棒球之神！《球來就打》這個故事，細膩且深刻地刻畫了主角因為打假球，被罪惡感印記一生的羞愧；也描述了他不惜獻祭生命，

只是想讓靈魂贖罪的懺悔。幡然醒悟之後，但求一夜好眠，這本書讀來著實令人驚撼！

「職棒打假球」是台灣棒球迷心中死命想要遺忘的傷痛，作者黑米是個沒有棒球就食不下嚥、睡不成眠，甚至了無生趣的棒球痴，寫這種的題材又何嘗不是椎心刺骨的痛！他的寓意自是期待球員能有所警惕。在此也希望這個故事就成為歷史，沒有未來。

尋回生活中失去已久的熱血與初心

張芯瑜（知名藝人）

隨著年紀增長，有些感動的記憶會愈來愈模糊。以前我會因為一位自己支持的球員打了支安打而欣喜若狂！但後來，無論賽事是否繽紛，似乎有好一段時間遺忘了那種興奮感覺……

接到電影《球來就打》，許多回憶湧進我的心！起初我只是單純的想挑戰這個很悍又可人的角色「小悠」，看完故事後，平常淡定的我忍不住跳躍起來！深深覺得這個故事剖析了我沒有思考過的許多層面。

每部戲的拍攝空檔，我習慣睡覺休息來沉澱自己，唯有拍電影《球來就打》期間，我這位球迷都和專業的青棒選手們一直玩球！原來我當年熱血的心沒有逝去，只是忘記找回來！

編劇黑米哥用文字讓一切夢想成真。使你熱血沸騰、深深感動的事一定存在，祝福讀者讀完這本書也能夠尋回那樣的心！

從中找到人生的答案、勇氣和能量

蔡明里（緯來體育台主播）

棒球是不是台灣的「國球」？答案其實很明顯！主題為棒球的電影、電視劇、小說等作品，就連劇情背景是棒球場的畫面都很少，但棒球在台灣人的心中一直有著不同的位階，大部分人將之視為娛樂，一度有很多人把它融入生活中，當然也有像黑米這種怪咖，始終堅定地視之為信仰。

《球來就打》不僅是一位死忠球迷對台灣棒球的細膩觀察，我在轉播中常說「球賽如人生」，《球來就打》也一樣，它是棒球的故事，更是面對真實台灣的故事，相信球迷或非球迷，都能在其中找到一些人生的答案，或者從中尋找到一些勇氣與能量。

【作者序】

請想起棒球曾給你的原始感動，在你失意沮喪時給你的力量

涂芳祥

一直覺得，棒球和我的生命成長，有種很重要的聯結。

這種感覺，起始於民國八十二年。那年，台北市立棒球場可以說是全台灣最讚的棒球場了。當然，我不是說那種外野沒有座椅、廁所馬桶和小便池永遠溢著屎尿、混雜菸蒂和檳榔汁噁心氣味的硬體設施很讚，而是，在那個年頭，只要是兄弟象隊出賽，台北市立棒球場一萬四千個座位一定爆滿，那種充滿生命活力的氛圍，很讚。

我那年是大學二年級的學生。已經想不起來，為什麼那年我的人生進入一個大大的低潮；可能是因為我被初戀女友甩了，或是組織學校社團不順利而心灰意冷，不過我百分百可以肯定，絕對不是因為藍綠對抗或什麼經濟衰退的原因，因為，在那個年頭，陳水扁先生連台北市長都還沒選上呢。

我的憂鬱心情如沙漏般地日益累積，在一個萬念俱灰的下午，覺得自己好像悶到了一個

極點，一個人盲目地在敦化南北路閒逛，突然發現，那天市立棒球場擠滿了人潮，因為，兄弟象那天要出戰統一獅。

我不知道那天為什麼要花六百元買一張外野的黃牛票進場看球，也許是無處可去了吧！我入場晚了，由入口想要走進外野看台，可是擠不進去，只得和人群一起塞在入口前，連外野草皮都看不到。入口是一個陰暗而充滿了屎尿味、汗臭味與檳榔味的可怕通道，身邊擠滿了好像對所有判決永遠不滿的瘋狂球迷；我當場就後悔了，馬的，我已經慘到這個地步，居然還要擠到這個地方和這些野獸混在一起，而且，還花了我天殺的六百元！我腦中一陣昏眩，覺得自己一生所有的不幸，就是剛才那個莫名其妙的三振造成的，於是，不管場內發生了什麼，反正我什麼也看不到，我用盡了身上最後一絲力氣，也不顧自己是個戴著金邊眼鏡的大學生，發了瘋似的向場內嘶吼：「幹你娘！裁判會不會判呀！那是壞球啦！」

此話一出口，神奇的事發生了！我發現身邊突然安靜了下來，右手邊有個歐吉桑咧開滿口檳榔黑漬的大嘴，擠出了一個笑容：「少年耶，麥價激動啦！看球也不是什麼大事呀，歡喜就好啦！」

他笑了，我左手邊的大哥也笑了，我前後左右的人都笑了。不知是什麼原因，原本塞車的入口突然鬆動，我被人群擠上了看台，場內陽光好亮，亮得看不清四周，只聽到身邊的啦啦隊賣力敲著大鼓，全場爆滿的觀眾齊聲喊著：「嘿嘿嘿，安打啦安打全壘打！」

接著一陣震耳欲聾的歡呼聲，兄弟象隊的不知哪一個球員打了一支安打，得分。

可能是因為場內陽光弄昏了我的眼，看著四周，那些原本我認為是瘋子的球迷，突然都變成了可愛的天使。我右邊的老伯伯臉上露出欣喜欲狂的神情，嘴中嘟囔著我聽不太懂的一連串台語，雖然他顯然和我不熟，但還是和我擊掌慶祝。那一隻手，可能上一秒鐘才比過中指、五分鐘前才丟了水瓶進場，而且早上才修完一輛爆胎的車子，所以指甲縫還留著污痕，可是，說真的，那隻手，好像天使的羽翼一般，把我拉出了憂鬱的低潮，當場，我的眼淚飆了出來。

我隨著激昂的鼓聲和全場球迷一起吶喊！雖然我喊的絕對不是「XXX，我愛你！」（老實說，我真的不記得那支安打是誰打的），可是經由不斷的吼叫，我把心中的一切不滿與煩悶，通通都趕出了身體，取而代之的，是由全場一萬多位熱情球迷的正面能量在一瞬間的醍醐灌頂，於是走出球場時（老實說，我真的不記得那天的比賽兄弟象到底贏了沒有），只覺得：我重生了！而那時的感動，一直到差不多二十年後的今天，我依然深深記得。

你也看過一場很棒的棒球賽嗎？二〇〇一年鋒哥（陳金鋒）在天母球場的世界盃錦標賽，對日本單場擊出兩支全壘打，你在現場嗎？奧運八搶三中華隊奮勇取勝的那幾場球，你看了嗎？王建民那年對水手隊差點投出完全比賽，你一起吶喊了嗎？當恰恰、神拳、大師兄、泰山擊出一支支全壘打時，你的心情跟著激動過嗎？

如果是，那麼，無論台灣棒球曾經發生過什麼，請想起棒球曾經給過你的原始感動，請想起棒球曾經在你失意沮喪時給過你的力量……讓我們一起，和曾經低潮過的台灣棒球，和現在仍站在場上揮汗努力、拚命打球的戰士們一起，學著從九局下半開始，球來就打、奮力出擊吧！

《球來就打》，講的是一個人生的故事，講的是一個人曾經犯錯、曾經失意迷惘潦倒，他要如何面對最無助的自己、如何再次重生奮起的故事。男主角的人生，等於是一場已經提前結束的比賽，但他仍想尋求一次上場打擊的機會，看看有沒有機會在人生的戰場上絕地出擊、逆轉獲勝；女主角的人生，是場注定要被提前結束的比賽，但她不想放棄，只想在上帝喊出「比賽結束」之前，好好打好生命中的每一球。至於小球員們的人生，是一場場正要開始的球賽，面對一場勝負不是掌握在自己手上的比賽，這球……要怎麼打呢？

這本小說，是由九十八年度新聞局優良電影劇本獎的得獎作品改寫而成。在此要感謝導演尹祺對我的創作任性極其包容，同時執導了一部令人熱血沸騰的精采電影；感謝周彥彤小姐在小說創作上給我的協助指引，讓主要以畫面思考的電影劇本，可以成功轉化為小說的體裁呈現；感謝遠流出版公司美麗、親切又專業的明雪、心瑩、佳美、素維，因為有你們對我的忍耐提攜，這本小說才能順利出版。

最後，我想把最終的感謝獻給在我充滿荊棘挫折的創作旅程上，一路支持鼓勵我的親朋好友們，尤其是我在天上的父親，一直到他辭世之前，他都好像不知道這個兒子究竟在寫些什麼東西，但，他總是不問一句，然後給我一個最溫暖的微笑。
謝謝大家，謝謝。

Fans, for the past two weeks you have been reading about the bad break I got. Yet today I consider myself the luckiest man on the face of the earth.

— Lou Gehrig, the "Iron Horse" (1903-1941), at Yankee Stadium, July 4, 1939

球迷們，過去兩週，你們一定聽到許多關於我的壞消息。但，今天，其實我認為我是全世界最幸運的人。

——「鐵馬」盧．蓋瑞格（美國職棒洋基隊傳奇球星，曾創下連續出賽兩千三百一十場的紀錄。這是他於一九三九年的退休演說，他因罹患肌萎縮性側索硬化症〔ALS，俗稱漸凍人症〕，於三十八歲離開人世，此病後來亦稱「盧 ． 蓋瑞格症」。）

楔子

晴空萬里。

炙熱的陽光蒸騰著滿布碎石的泥土地，讓周遭的景物呈現出一種波狀的扭曲。在這個模糊的畫面中，一群男子聚集在鐵絲網嚴密包圍的場地裡，個個聚精會神等待著。其中，一名身材壯碩的男子手持木棍，眼神充滿殺氣，緊盯著站在不遠處的另一個男人，那傢伙手中緊握著石塊，兩人呈現一種緊繃的對決態勢。

彷彿又回到了紅葉少棒的時代。這是場木棒對石塊的棒球比賽。

這時，拿著石塊的男人思考了幾秒鐘，抬起左腿，往前猛跨一步，手中的石塊也跟著狠狠地用力擲出。手持木棒的男人看著朝自己飛來的石塊，只猶疑了半秒鐘，他決定放掉……

「砰！」蹲在捕手位置，戴著五、六雙工作手套的男人，移動了一下自己的身體，接住了石塊。

「好球！」在後面遠遠站著，手臂上有一大片龍鳳圖案刺青的大塊頭男子，大叫一聲。

「這麼低叫好球？……恁娘咧，你有收錢唷？」手持木棍的男子不可置信地轉頭，瞪大雙眼，惡狠狠盯著擔任裁判的大塊頭。

「幹，好壞球小事而已，你是在凶啥洨？」大塊頭不甘示弱地反嗆。

「幹！棒球對你是小事……在恁爸是賭性命啦！」說完，男子拋下手中的木棍，衝上前去，一拳揮向大塊頭的臉頰。大塊頭被激怒，也狠狠地回擊，雙方扭打成一團，一旁的其他男子也紛紛加入這場鬥毆。

原本在陰涼處看著這場球賽的獄卒，眼見事態一發不可收拾，連忙吹著哨子，抄起警棍，跑過來想把兩方人馬拉開，但雙方似乎打上興頭，不肯罷休。

獄卒組長也衝進人群中，把開幹的肇事者之一、持木棍男子拉到一旁的陰涼處，遞給他一杯水。

「River，你嘛咖冷靜咧！」組長點了一根菸，遞給男子。

「跟恁爸裝孝維……幹！這球像西瓜這麼大粒，我會看錯？」River 吸了一口菸，目露凶光，瞪著仍在扭打的人群。

「別理他啦……對了，上回那個故事還沒說完，高中青棒的冠亞軍決賽，後來咧？」組長充滿好奇地看著 River。

「後來喔……後來不重要啦！」

「怎樣啦？到底幾比幾呀？」

「想知道比數，報紙不就有寫了？」

「可是都拚到這種程度了，不贏很可惜嘛。」

「能打進決賽，那是一定得拚啊……」

River拿起手上快要燃盡的菸，緩緩地抽了一口，吐出的煙霧迷濛了眼前這片空無一物的藍天。

「棒球沒那麼複雜啦……恁爸就是想好好看場球賽，甘有那麼困難？」

1

球來，怎麼打？

棒球對你是小事，在恁爸是賭性命啦！

閃爍著五彩燈光的包廂裡，圍繞著電視的沙發上，River端著一杯烈酒，目不轉睛盯著電視，這時正在轉播的是二〇一〇年廣州亞運的棒球總冠軍賽，由中華隊對上韓國隊。

這場比賽，不是一場單純的棒球比賽。就像幾十年來台灣所有的國際棒球賽事一樣，這一戰，除了棒球的輸贏之外，國手們還肩負著振興國家光榮的重大使命——尤其是跆拳道的漂亮寶貝楊淑君，在前幾日的比賽裡，不過是穿錯一雙襪子，就被狗養的韓國裁判搞掉那到手的金牌。

不管是跆拳道還是面板、DRAM產業，我們被韓國人欺負得夠了吧？這口鳥氣，不在棒球場上討回來，是要我們台灣人怎麼吞得下去？

一旁十幾個身穿黑衣、頂著各種誇張髮色的年輕小弟，有一搭沒一搭地看著電視，一邊和身旁的辣妹嬉鬧著。其中一個頭髮染成鮮紅色的小弟拿起麥克風，學著電視主播的腔調，播報起目前的戰況：「三局上，他媽的投得有夠爛的潘威倫終於下場，由陳冠宇接替投球，面對韓國選手李大浩，這球投出……哭爸！是支兩分全壘打，恁娘咧！是會不會投啊？」

「幹！有夠爛！是在投啥洨啦！」在場的其他小弟也跟著起鬨。不過，坐在兩名辣妹中間，一個染著金色頭髮，綽號「白目仔」的小弟，這時卻顯得相當開心，誇張地拍著手。

River 臉色鐵青地看著白目仔，灌下一大口烈酒。

比賽繼續進行，中華隊又丟掉了兩分，三局結束，以一比六落後韓國隊。包廂裡充滿了此起彼落的「幹」聲。「爛死了！看不下去了啦！」前來助興的辣妹們，也被這場比賽搞得心煩意亂。

白目仔的手機突然響起。

「喂……沒在忙啦……比賽唷？有在看呀，難看死了……」白目仔起身往廁所那邊走去。

「什麼？等一下會逆轉？你在作夢喔？沒被扣倒（提前結束）就算贏好不好……」白目仔誇張地講著電話，突然「砰」的一聲，一個酒瓶用力砸向白目仔的後腦勺，碎裂的玻璃四處飛散，啤酒灑了一地，他痛得大罵出聲。

「幹，誰啦？」白目仔一手撫著自己的頭，一面轉頭怒瞪在場的所有人。

原本嬉鬧不已的房間，霎時鴉雀無聲。River 拿了一條毛巾走來，丟向白目仔。

「白目仔，很爽齁？」

「River 哥，沒啦……」白目仔摸著自己的頭，露出痛苦的表情，後腦勺的金髮被染紅了一大片。

「沒啥？恁爸在看球，你在碎碎唸是在唸啥？」

「沒啦……我在故意講反話，刺激中華隊啦！」白目仔看著殺氣騰騰的 River，心中的不安取代了頭上的疼痛。

River 伸出一隻手，用力掐住白目仔的脖子，另一隻手從白目仔的手中把他的手機接過來。「喂，我 River，你誰？」

白目仔的手機被搶走，而他的表情，就好像被獅子盯上的小羚羊一樣驚恐。

「噢，你豆乾唷？……白目仔今天有沒有簽？……噢，簽哪隊？……嗯，沒事了。」

River 放開白目仔，狠狠瞪著他。

「全台灣今晚都在吃泡菜，你簽韓國隊贏？」River 把手機丟還白目仔，用力坐回沙發。

「要是我們輸了，你就知死！」River 用力地朝桌子踹去，桌上的酒瓶小菜全都碎散在地上，而現場的小弟辣妹沒人敢發出一絲聲音。

白目仔悻悻然地坐進角落位置，皺了皺眉頭。

這時，電視主播高喊：「呀！恰恰……又被三振啦！」River 氣到把桌上的橘子捏爆，白目仔低頭看自己的胯下，表情扭曲。

漆黑房間裡閃爍著電視的螢光。牛頭犬 Power 趴在沙發上沉沉睡著。

「啵」的一聲，烏米又打開一罐啤酒，一口氣乾掉一大半。桌上早已散置了好幾罐捏扁的啤酒空罐。

「比賽已經來到七局上半，剛才韓國隊打者李大浩被四壞球保送上一壘，緊接著金賢洙擊出中外野平飛安打，這時韓國隊要換代跑了，由趙東贊接替二壘的李大浩。」電視主播繼續播報著相當不樂觀的賽事。

烏米盯著電視，表情非常凝重。

「姜正浩擊出穿過中華隊三游間的防守空隙，形成一支一壘安打，這支安打帶有一分打點，韓國現在是以七比三領先中華隊，比數再度被拉開……」

烏米狠狠罵了一聲「幹！」然後按下遙控器開關。整個房間頓時陷入一陣窒悶的黑暗與沉默。

「哎呀，恰恰打了一個右外野的飛球被接殺，終場中華隊以九比三敗給了韓國隊，比賽結束。」

「看了中華隊今天的表現，我們真的應該要正視國內棒球發展與國際的實力差距。人家韓國都上太空了，我們還在殺豬公，這樣怎麼行咧？」

「當然，首先我們要恭喜中華隊獲得亞運銀牌，可是相信今天的比賽內容，全國球迷心中不免會感到一些遺憾……而球賽有輸有贏，記取教訓才是最重要的事，我們之後如果可以更加把勁，確實認真提升國內棒球實力，相信中華隊一定可以不要老是『雖敗猶榮』，而可以在未來的國際……」

電視裡，主播與球評討論著今天的比賽結果，檢討中華隊輸球的原因。

包廂裡，River站起來做了做伸展操，朝著白目仔走去。白目仔感覺不妙，起身想要走人，River一個眼神，讓門口小弟擋下他。

「怎樣？急著收錢啊？」River冷笑著說。

「River哥，不過就是輸場球，幹嘛這麼認真呀？」白目仔試圖緩和River的怒氣。沒想到River馬上一腳飛踢過去，白目仔痛倒在地上，哀嚎不已。

「棒球對你是小事……幹，在恁爸是賭性命啦！」

River憋了一整晚的怒氣，這時全爆發開來，開始狠揍白目仔，小弟們在旁跟著吆喝，陪酒辣妹尖叫，包廂裡一團混亂……

數日後。

某政府機關的長廊上，一個身穿黑色套裝、剪著犀利短髮、身材微微發胖的中年女子，正以非常快速的步伐前進，腳上的高跟鞋「叩叩叩」大聲敲擊著地板。她是掌管全國體育事務最高單位的主委，帶著另外兩名小官員，邊走邊就著手上的資料滔滔不絕討論著。主委不斷下著各種結論、提出各種想法，另外兩個官員則頻頻點頭稱是。

簡報室外頭貼著一張大大的海報，上頭寫著「兩岸棒球交流部會整合會報」。主委一把推開簡報室大門，黑暗的簡報室裡有一大群正在聆聽簡報的人員，看見主委進來全都站了起來，直到她坐定之後，大家才紛紛坐下。主委示意台上的簡報人員繼續報告。

「台灣的棒球，自從紅葉少棒以鵝卵石當球、以樹枝為球棒開始，過去四十年來，拿下多次世界大賽的冠軍……棒球是台灣人的驕傲，連我們的鈔票上都有棒球員的圖案呢！在台灣，能夠和棒球比拚人氣的，大概只有媽祖出巡和總統大選而已……」

簡報員滔滔不絕報告著，投影布幕上依序出現從紅葉少棒時期「以木為棒、以石為球」，到金龍隊和巨人隊先後奪下世界少棒大賽冠軍，以及後來獲得少棒、青少棒、青棒三冠王的全盛時期等，一個個黑白畫面記錄著台灣棒球歷史。

「近年來職棒簽賭案件頻傳，國人對棒球已經失去了信心；而我們對球員的生涯發展也不夠用心。長年征戰的球員，除了身體多少有運動傷害，還必須面對各種不良勢力介入棒球環境……」

投影片接著出現中華成棒隊戰績急轉直下、在國際比賽中屢屢輸球、在奧運與經典賽輸給中國隊、球迷們從興奮支持轉為失望沮喪的畫面。底下聆聽的官員隨著這些影片的跳動，斷斷續續發出「噢～噢～」的回應。

接著，簡報員秀出一張複雜的ＳＷＯＴ圖表，表情凝重地說：「要是我們再不好好改革，台灣的棒球榮景，真的就會像變了心的女朋友一樣，再也回不來了！接下來，我將從四大目標、八大策略、十六項行動方針來解析……首先我們該要先了解我國棒球的ＳＷＯＴ，所謂的ＳＷＯＴ，就是指Strengths、Weakness、Opportunities、Threats，也就是優勢、劣勢、機會、威脅，如果能正確分析出台灣棒球的ＳＷＯＴ，才能妥善制訂振興棒球的完整計畫……」

這時坐在台下的主委突然大叫一聲「等一下」，同時示意一旁的人開燈。這時，會場裡多數官員都睡眼惺忪，一時間不知道究竟發生了什麼事。

「你簡報還有多長？」主委嚴肅地質問簡報員。

「報告長官，一共是二百四十三頁，目前進行到五十頁左右。」

「你根本搞錯重點，我要聽的是兩岸交流，你棒球講那麼多幹嘛？」

「要談交流之前，我認為應該先針對台灣棒球的現況……」簡報員表情凝重，有點不知所措。

「小子，我告訴你重點是什麼。台灣棒球的現狀不重要，中華隊這次輸得這麼難看，那是因為我們和大陸交流不夠，所以才有這個兩岸棒球交流計畫！而振興中華隊，也不是我們的重點，重點是要配合政府的施政方針，讓棒球在對岸開花結果，將來職棒還可以進軍大陸，搶下十三億人口的市場……」

主委眼露凶光，好像要把簡報員生吞活剝了一樣。

「你直接告訴我結論：如果要達成政府的目標，需要多久時間？要花政府多少錢？」主委一臉不耐，對著簡報員咆哮。

簡報員翻了翻簡報，語氣有些顫抖地回應：「根據我們的研究，只要現在開始努力改革，估計大約二十年左右，應該就可以……」

「二十年？那麼久？總統都選幾次啦？」

「這……棒球是很深奧的，如果沒有長時間的努力，很難會有成果……」

「小子，棒球很深奧沒錯，可是當公務員吶……更深奧！」

主委走向某個正在打瞌睡的官員，朝他頭上打了一巴掌，官員被嚇醒，不小心打翻桌上的水杯，一片狼藉。

主委轉過頭來，惡狠狠地看著簡報員說：「我問最後一次，要搞好兩岸棒球交流，要多久、多少錢？」

簡報員緊張地翻閱著手上的資料，想找出那關鍵的數字，但一不小心將手上的報告全部抖落一地。

「給我回去想清楚，明天早報截稿前，就要答案！」主委氣沖沖拿起桌上的手機，朝門口快步走去，另外兩名官員也趕緊起身，追了出去。

週末夜晚，熱鬧的夜市裡擠得水洩不通，多數攤位前排隊的人潮絡繹不絕，相較之下，烏米的雞排攤就顯得冷清許多。但烏米也不太在意，他坐在攤子後面，百無聊賴地翻看用來包裹九層塔的報紙，那不曉得已經是多久前的舊報紙了。

三個年輕的男生，其中一個拿著手機，一邊拍攝，一邊朝烏米的攤子走來。

「老闆！雞排三個……一個要切不要辣，一個不要切大辣，一個不沾粉直接炸；雞屁股一串不要炸太老，米血糕、銀絲卷各一份，都炸酥一點嘿！」其中一個穿綠色T恤的年輕人對著攤子後面的烏米說。

烏米抬頭看見有客人來了，放下報紙，熱切招呼著。他一邊在油鍋裡放進客人點的東西，一邊問：「其他的要辣嗎？」

一旁穿著黑色T恤的年輕人說：「嗯，米血糕和銀絲卷小辣，雞屁股的話……兩顆辣、兩顆不辣……對了，九層塔多一點、油要瀝乾淨嘿！」

烏米點點頭，一邊照顧著油鍋裡的炸物。綠T男看了看攤子上的牌子寫著「每天換新油」，開口說：「老闆！不錯嘛，每天換新油耶！」

「應該的啦，我做生意是憑良心的。」烏米微笑著回答。

「所以……你炸雞排是放油，不是放水的對不對？」綠T男語帶挑釁地說。

「一共兩百三，請先付款，謝謝。」烏米聽了綠T男的話，相當不悅，壓抑著怒氣。

黑T男也跟著嘲弄起烏米：「噢，對……錢要先收了再放水，不對……我說錯了，錢要先收了，才能每天換新油嘛！」

烏米被激怒，拿著鐵夾子敲了一下攤子，不耐地說：「兩百三，謝謝！」

「不是兩百一嗎？怎麼是兩百三？」綠T男指著鍋子裡的東西說。

烏米看一看，再算一下，發覺自己真的算錯了，一臉抱歉地說：「拍謝，算錯了……」

「連幾十塊都要騙唷？好啦好啦，錢收這麼急要死唷……拿去！」綠T男拿出一張五百元，手指壓在銀行字樣上，遞給烏米。

烏米接過鈔票，發現那是玩具紙鈔，心中積壓的怒氣整個往上衝。

「幹，你們找碴呀？」

「找什麼碴呀？你打放水球，我們用假鈔，差不多剛剛好而已啦！」黑T男帶著不屑的神情說。

「幹，恁爸沒放水啦！你們再來亂看看，恁爸沒在怕的啦！」烏米把手中的玩具鈔揉一揉，砸向綠T男。

「我盯你這攤好幾天了，你有每天換新油嗎？我看攏係假ㄟ啦！」綠T男不甘示弱地繼續叫囂。

烏米再也忍不住，抓起米血糕、雞排、貢丸等物，砸向這三個年輕人。

三人又叫又跳，躲著朝他們飛來的各種食物，哄笑逃走，邊跑還邊罵：「來看垃圾唷，打放水球的垃圾唷！」

「幹，麥走！好膽麥走啊！再來亂看看，下次絕對讓你們好看！幹！」烏米拿著菜刀衝出攤子，對著三人的背影大聲叫罵。

黑T男邊跑邊問持手機的男子：「拍到了嗎？拍到了嗎？」三人嘻嘻鬧鬧地愈跑愈遠。圍觀的路人目睹這齣鬧劇，都向烏米投來異樣的眼光，交頭接耳，議論紛紛。

在這裡擺攤這麼多年，這已經不是第一次有人來夜市裡找他麻煩。或許是當年球團沒幫自己辦場告別球賽吧！他當年的球迷，常常用這種方式向昔日的偶像朝聖歡呼……烏米心情非常惡劣地回到攤位，看著被自己踢翻的麵糊，還有滿地的雞排與食材，一團混亂，就像他自己的人生。他忍不住又朝倒在一旁的麵糊桶踢了一腳，發洩心中的鬱悶。

簡單收拾了攤子，把剛剛那些人點的早已炸得焦黑的東西從油鍋撈起，關小油鍋的火，烏米一個人悶悶的坐在攤子後面，繼續翻閱那張舊報紙。

一個男子踩著輕快的腳步，拿著一杯飲料，朝烏米的攤子走過來。

「老闆，雞排兩個，啤酒一手。」

「啤酒沒有，要去對面全家買……」烏米隨口說著，放下手中的報紙，抬起頭來。一看到眼前的男子，他又驚又喜地說：「媽的，賢拜（日語的「前輩」）！你玩我呀？」

「博仔」，這個烏米稱做「賢拜」的男人，年紀比烏米大兩歲，是烏米自國中進入球隊之後，最好的也是唯一的朋友。但自從「那件事」發生之後，他們已經很久沒有聯絡了。

「烏米，生意很差吶！」博仔笑著說。

「生意差不要緊，主要是還得受氣，幹！」

「受了氣就得出氣呀，走啦走啦，今天早點收攤，學長請你喝一杯！」

「學長，我一點鐘收攤，等一下總行吧？」烏米被剛剛那群人一攪和，心情還很鬱悶，興趣缺缺地回應。

「學長請喝酒還要等唷？這一車算一算多少，學長包了！」博仔露出他的招牌笑容，也不管烏米的回應，就開始動手收拾攤子上的東西。烏米看著久違的學長，心中突然升起一股暖意，尤其是看到他那即使天塌下來也沒關係的笑容，就好像回到小時候，每當烏米被教練罵得很慘之後，博仔總是有辦法讓他重新站起來。

烏米熄了攤子的燈，拉好帆布。兩人走出夜市，上了博仔的車。車子在市區行進，烏米坐在這輛簇新轎車內，好奇又讚賞，東看看、西摸摸新車的內裝。

「學長，車愈換愈趴喔？」

「只要跟對老闆，你也可以……」紅燈亮起，車子緩緩停下；趁著空檔，博仔幫烏米點了根菸，烏米還是一臉愁容。「怎樣，還在氣唷？這種小事，忍一下就過了，別放在心上。」

「沒啦，只是有點累而已。」

「累了？要不要來點天山雪蓮？」博仔做了一個運氣的動作，烏米忍不住笑了出來。

「幹，學長，還來這招呀？」

「這招你從小吃到大，超過三十年的功力，威力驚人嘛！」博仔又露出他的招牌笑容。

兩人彷彿同時回到過去的時光，用彼此間獨有的花式擊了掌，烏米的表情登時輕鬆起來，開始跟著車上的一首老歌哼唱著。

博仔與烏米在一組赭紅色沙發上坐定。前方除了有一台巨大的液晶電視，一旁還有個設有鋼管的小舞台，舞台旁的兩面牆是落地的大片鏡子，包廂內五彩燈光不停閃爍，搭配著音量巨大的電子音樂，不禁讓人有些飄飄然。

一名身穿白襯衫搭配黑色背心的男服務生，端著小菜托盤進來。

「歡迎兩位大哥唷，我叫 Speedo，是兩位大哥的專屬服務生，本店免費桌面招待……還有啤酒無限暢飲！」Speedo 邊說，邊俐落地把托盤上的小菜擺好，並且遞上溫熱的溼毛巾。

博仔瞥見身材精壯的 Speedo，雖然穿著白襯衫，脖子上卻戴著鈦合金的運動頸圈，有些好奇。

「喂，看你汗草不錯，有沒有打棒球呀？」博仔問。

「棒球唷，有打呀！」

「你打什麼位置？」烏米問。

「隨便玩的，我守外野的啦！……兩位大哥需要其他酒類嗎？」Speedo 笑嘻嘻，油腔滑調地回答。

「不用了，叫小姐快來吧！」博仔揮揮手說。

「No problem……小姐馬上就到。那兩位大哥還需要什麼服務嗎？」Speedo 左顧右盼，像是在等著什麼，沒有要離開的意思。

「沒了，你去忙吧！」博仔熟練地摸出兩張百元鈔，遞給 Speedo。

「謝謝！」Speedo 收下小費，露出服務生的制式笑容，繼續說，「大哥，我們小弟一班六個，等下會一直進來服務，看看兩位大哥是不是先一次給足……」

「啤酒還沒看到，小弟倒是先來了半打！」博仔不耐煩地又從口袋裡摸出千元鈔遞給 Speedo。「小姐跟啤酒快點上！」博仔交代著。

「沒問題，馬上來，謝謝大哥打賞！」

沒多久，小弟送來了好幾手啤酒，三名身材火辣、穿著暴露的小姐也進了包廂，簇擁著烏米與博仔兩人，五人不停地互灌啤酒。包廂裡的音樂震耳欲聾，烏米被兩名小姐拉上小舞台，圍繞著鋼管大跳熱舞；烏米的上衣早已被小姐脫去，露出運動員才能練就的結實肌肉與厚實胸膛。

酒過三巡，桌上杯盤狼藉，除了酒杯酒瓶，還有撲克牌、骰子等助興的玩具。帶著醉意的烏米和博仔躺在沙發上，小姐 A 跨坐在博仔身上滴蠟油，博仔裝腔作勢地哀叫求饒。

「這是幫小咪報仇，誰教你要她去隔壁包廂裸奔……來，真心話還是大冒險？」

「真心話！」博仔邊摸著小姐A豐滿的胸部，邊笑嘻嘻地說。

「好，我問你……你這一輩子過得最爽的，是哪一天？」

「還用問，當然是今天呀！來，再摸一下……」

「不准耍賴！不管不管，我要聽真心話！」

「好，真心話是吧？那是一九九二年了……」博仔開始認真回想著。

「有沒有那麼久呀？一九九二……我才剛出生耶！」一旁依偎在烏米身上的小姐B驚訝地說。

「你才剛出生？太誇張了，那不就是……」博仔一邊數著手指頭，一邊大叫，「媽的！真他媽的快二十年了！」

「學長，歲月催人老呀！」滿臉酒意的烏米拿起啤酒罐，向博仔敬了敬。

「二十年就二十年，不過那天……真他媽的爽！」博仔喝了口酒，沉浸在美好的回憶中，露出滿足的笑容。

「爽什麼？第一次玩3P唷？」坐在一旁的小姐C答腔。

「才不只！那天和我們一起爽的，全台灣至少超過一千萬P！」博仔用手比畫了「1」和一大堆的「0」。

「哇，那不是爽翻了？」小姐C瞪大眼睛說。

「廢話！那年在巴塞隆納，我們兄弟一起站上頒獎台……」博仔指了指烏米，「奧運銀牌耶，總統第一時間發電報祝賀……總統賀電，沒見過吧？」

「真的假的？奧運銀牌？你們是踢跆拳道的唷？」小姐B戳了戳烏米的胸肌說。

「跆你媽的頭啦！我們是打棒球的！」博仔指著烏米，用一種讚賞的語氣說，「他是以前打職棒的棒球遊俠烏米呀！沒聽過啊？」

「遊俠？霹靂遊俠李麥克唷？」小姐A一臉疑惑地問。

「靠！這什麼社會呀！現在的年輕人，連民族英雄都不認識了？」博仔像是受到什麼刺激似的，突然憤慨了起來。「當年四強要是沒有他的 solo homerun（一分全壘打），我們哪有銀牌呀！」

「學長……你喝多了！」烏米拍拍博仔的肩膀。

「這社會就是這樣，當你很嗆的時候，什麼民族英雄、台灣之光通通來，當官的都搶著和你拍照；要是你一不小心落魄，幹恁娘咧，他們鳥都懶得鳥你啦！」博仔一把推開身上的小姐A，這突如其來的舉動讓小姐A跌坐在小姐C身上，兩人同時發出了「哎唷」的尖叫聲。烏米身旁的小姐B也趕緊往旁邊一閃。

「學長……你……到現在還想不開啊？」烏米坐直了說。

「我想不開？你想得開嗎？」博仔抓起烏米被油爆燙傷的手臂，對小姐們說：「你們看看，這就是全台灣最勇的 kada！kada 知有？kada 就是『肩膀』，最棒的打者 kada 就在這裡。」博仔按了按烏米厚實的肩膀。小姐們起鬨，舉起酒杯一同敬烏米，烏米沒有接話，默默喝著手中的啤酒。

「現在成了什麼樣子？烏米，你這隻手就算要廢，也是要廢在紅土草地上，不是廢在夜市油鍋裡！」博仔充滿惋惜地看著烏米的手臂。

這時突然傳來廣播：「小咪，米娜，櫃檯訪客……」小姐們說了聲抱歉，拿了薄紗就出去了。

剩下博仔與烏米兩人的包廂裡，氣氛有點凝重。博仔抓起烏米的手臂，嚴肅地看著烏米說：「烏米，你給我聽好：過去的事，不是我們的錯，是大環境對不起我們！」

「學長……」烏米不願意再想起過去那件讓他充滿痛苦的往事，想要制止博仔再說下去。

「烏米，現在只要你願意幫學長一個忙，我們兄弟都還有機會！」博仔說。

「什麼機會？回去打球唷？」烏米的眼神依然渙散。

「想得美咧！你自己想看看，哪支球隊還敢要你？」

「學長，什麼都好；可是，別再相害了啊……」烏米懊喪地說。

博仔點了根菸，若有所思地拍拍烏米，深深吐了口煙。

烏米重新倒回沙發上，炫麗的五彩霓虹燈轉呀轉，電子音樂依然隆隆作響。他盯著天花板，甩甩頭，想要甩去逐漸向他聚攏過來的黑暗……

2 嗨啦，青屯！

學生的球衣怎麼貼成那樣……咱們是丐幫嗎？

晴空萬里，上午九點五十五分。

烏米身穿襯衫與牛仔褲，背著球具袋，站在學校大門對面的馬路邊。他對著路邊臨停的小客車後照鏡理了理自己的儀容，心裡開始懊悔起來……唉，真是太久沒穿有領子的衣服了，昨天怎麼忘了先把襯衫燙一燙呢？

夏日熾熱的豔陽，逼得烏米一身汗涔涔地流，不合身的襯衫很快就溼了一大片。烏米已經很久沒在這時間出門談事情了。平常夜市是半夜一點收攤，他通常都在下午兩點起床，開始幫雞排攤備料；沒想到早上的陽光這麼曬人，平常去市場批貨都穿拖鞋和內衣，流了汗拉起衣服擦擦就算了，可是等一下要和校長見面，他發現汗珠已經從蓋過耳邊的雜亂頭髮滴落，卻沒帶個毛巾手帕什麼的。這樣，不會太沒禮貌嗎？

烏米再看了看手錶，來不及了。「唉……」烏米長長嘆了口氣，管他的，糗就糗啦，反正又不是沒糗過。於是他用手抹了抹臉上的汗，隨手往屁股後面一擦，同時瞥見自己滿是油爆傷痕的手臂，他下意識地拉下袖子，接著下定決心似地，大跨步穿越馬路，朝青屯高中巨大的校門口走去。

「……你好，我叫黃清海，和校長約了十點。」烏米朝著警衛室的窗口客氣地說。窗內吹來陣陣冷氣，稍稍平復了他焦躁的心。

警衛室裡有個中年男子，正專注盯著報紙娛樂版某女星的三角戀情，聽到烏米的聲音，他突然興奮地抬起頭來：「噢噢，我知我知，校長有特別交代……來來，這裡簽一下……」警衛拿出訪客登記簿給烏米，一邊上下打量了他幾眼。

「ㄟㄟ，我是你的球迷唷！棒球遊俠烏米，你都沒變耶！現在台灣唷，我看除了金鋒仔，沒人棒子比你更大啦！」

「沒啦，那是很久以前的事了。」烏米苦笑著說，他注意到警衛臉上的那顆大黑痣，隨著說話的誇張表情輕佻地抖動著。

「哎唷，我攏知啦，你這個人容易害羞啦！我和你說，我相信你沒放水啦，台灣的棒球唷，問題不在球員啦……」警衛繼續喜不自勝地說。

烏米無言以對。

「好啦好啦，很多事你們不方便說，其實我攏知啦！」

「大哥，校長約了我十點……」烏米提醒著。

「吼，知啦，又不是相親說，遲到一下袂死啦！我和你講，我們校長其實不是壞人，只是看起來比較勢利一點；等一下無論你聽他唬爛什麼，你就先青菜應應，先把頭路拿到，其他的，時到時擔當啦！對了，我叫黑點ㄟ，未來有什麼事，找我就對了嘿！」

黑點說完，指了指校長室的方向。烏米向他點頭道謝，他則向烏米伸出手緊緊一握，臉上充滿崇拜與欣喜的神情。烏米看著黑點，思緒一下子拉回到多年前那些簇擁著他的球迷，他們的臉上都曾經和此刻的黑點一樣，有著極其興奮的表情。

十點八分，烏米走到校長室前，可是他開始躊躇了。他腦子裡浮現的，淨是那天博仔在酒店略帶懇求的表情與話語。

「你不是從小就想當教練？現在是最好的機會啊！」

「我就是不要再和那些人有牽扯……」烏米苦惱地搖搖頭。

「你也不要想得那麼複雜，就是去讓球隊贏球，沒有那麼困難啦！」

「賢拜……」

「先去看看再說啦，就當是幫我一個忙，好不好？」

博仔說得沒錯，帶領一群孩子一路過關斬將、贏過一場又一場的球賽，是烏米曾為自己的球員生涯所勾勒出的藍圖裡，最完美的終章。但他的球員生涯已經提前結束了，現在，還有機會回到球場嗎？他不知道博仔背後的那個人，為什麼還是不肯放過他；他很清楚一旦那個人開口了，絕對不會輕易放棄，違逆那個人的後果，烏米清楚得很。

十多年前的那個夜晚，他揮之不去的那個夢魘，突然，又在腦中浮現……

那場比賽，是由雷克魯雲豹隊對上烏米所屬的海豹隊，現場球迷估計超過八千人；九局下半，計分板上大大標示著「六比四」的數字，海豹隊落後兩分。

烏米上場打擊前，博仔拉住他的手臂，在他耳朵旁悄聲說：「都談好了，等下他會投內角高球，那是你的 homerun course（容易打出全壘打的球路），只要你打出去，我們都沒事了！怎樣，沒問題吧？」

烏米內心充滿掙扎，卻又似乎已經不能回頭。他表情冷漠，低聲說：「賢拜……你沒問題就好。」

烏米腳步沉重地站上打擊區，黑人投手第一顆球投出，是一顆內角高球進壘，沒錯，那是自己喜歡的球路……但烏米遲疑了一下，並沒揮棒。

他回頭看了看休息區，博仔表情憤怒，嘴形好像罵了聲三字經。他右手握拳向前揮了兩下，意思非常清楚：「恁娘咧！這球你還不打，你是在想啥洨？」

烏米深深吸了口氣，往地上狠狠吐了口口水。他重新站回打擊區，擺出打擊姿勢。第二球投出，同樣是內角高球，這次烏米用力揮棒擊出……

球兒劃破夜空，全場霎時歡聲雷動，煙火沖天！擊出全壘打的烏米受到隊友們英雄式的擁抱，但他的臉上，連一絲絲的喜悅都沒有。

「打擊出去……很高很遠，很高很遠還在飛……出去啦！烏米擊出逆轉全壘打，這球就像斷了線的風箏、變了心的女朋友……再也回不來啦！」電視主播發了瘋似地狂叫，那一球，在烏米的夢中，不知重播過了多少次。

可是每次夢到那球，主播嘶吼的轉播，總是會多了一句莫名奇妙的台詞：「出去啦！烏米擊出逆轉全壘打，這球就像斷了線的風箏、變了心的女朋友，就像被狗啃了的良心……再也回不來啦！」

而烏米總是在這時驚醒，然後，一夜無法入眠。

也就是在那一天，烏米第一次見到神祕的「Bada 大仔」。

他有著一頭梳得油亮的灰白頭髮，年紀大約六十開外，頗有氣勢地抽著雪茄，身旁還站著一個穿著黑色襯衫的保鏢之類的人物。Bada 大仔拍拍烏米的肩頭，稱許他配合得好，露出滿意的微笑打量著烏米。

Bada 大仔離去之後，在空蕩蕩的休息室內，博仔打開了置物櫃，取出一個鞋盒交給烏米。烏米打開鞋盒，看了看，突然用力把鞋盒砸向博仔，博仔沒接好，鞋盒掉在地上，一疊疊現金散了一地！烏米用力踢了置物櫃一腳，轉身走出休息室，博仔則蹲在地上，慢慢把現金收進鞋盒裡。

那天開始，烏米知道自己已經踏上一條不能回頭的路，不管他願不願意。

校長室裡有個頭頂閃閃發亮的光頭男人，表情認真地整理放在桌上的假髮，桌上名牌寫著「趙通和校長」。校長座位對面懸掛著金光閃閃的匾額，大大的字體寫著「政通人和」。牆上有一堆趙校長和政商名流合照的相片，看來人脈關係不錯：馬英九、陳水扁、郭台銘、柯林頓、星雲法師……甚至還有麥可傑克森、周杰倫和王建民；而在每張相片上，趙校長都笑咧著嘴，比著大拇指手勢，和現在的嚴肅表情完全不同。

一旁的沙發上，一個男子蹺著腳，正看著烏米的履歷，烏米正襟危坐等著他。眼前這兩個人淡漠的樣子，讓烏米心裡有些不是滋味。

好不容易，趙校長整理完假髮，小心地將假髮放在架上，左右調整了一下，這才對坐在一旁的男子說：「超哥，這位是黃清海，巴塞隆納奧運棒球銀牌國手，綽號棒球遊俠，號稱是『跑、打、守、臉』四拍子的看板球星……」

「銀牌而已呀？怎不找金牌的？」稱做超哥的男子，一口標準的京片子，顯然不是台灣人。他放下烏米的履歷，眼神有些輕蔑，烏米注意到他的表情，感到有點不悅。

「哎唷，超哥您說笑了……就算在祖國大陸，棒球也沒拿過金牌呀！」校長用誇張的笑臉與語氣說。

「算了，將就點也行了……來，轉個圈我看看。」

「轉圈？」烏米覺得有些莫名其妙，心想又不是挑酒店小姐。

「對，轉個圈。」超哥用手指頭轉轉圈，在旁的校長示意烏米照做。

烏米按捺著心中的不快，站起來，僵硬地轉了一圈。

「嗯，汗草不錯……來，揮個棒給超哥看看……」趙校長討好著說。

「在這裡？」

烏米滿臉疑惑，趙校長堅定地點點頭。烏米從球具袋裡拿出球棒，伸手比了比距離，站好腳步，用力揮了一棒；他揮棒十分強勁，聲勢驚人，而且因為過於用力，胸前釦子震飛了一顆，露出精壯的胸肌。

「噢，勾有聲唷！不錯不錯……」趙校長用誇張的語氣大叫，轉頭看著超哥，笑瞇瞇地說：「怎樣，還滿意吧？」

超哥兩手一攤，不置可否。

烏米被這樣一整，心裡很不滿，收起球棒說：「校長，今天找我，應該有其他的事吧？」

「當然當然……來，先幫你介紹一下，這位是賈宗超、超哥，大陸來的學生領隊。」趙校長指著超哥，超哥點了點頭，烏米也點頭致意。

「黃先生……」趙校長開口說。

「叫我烏米就行了！」烏米接話。烏米是日文「海」的意思，這綽號是學長博仔取的。

「噢……烏先生，你聽過『兩岸棒球交流計畫』吧？」趙校長正色說道。

「新聞有看過，詳情不太清楚。」烏米老實回答。

「噢，事情是這樣的……」趙校長解釋著，「政府現在有個計畫，打算固底拔尖、徹底提升國內棒球的水平，預算規模挺不錯的；我們青屯高中，是本市首屈一指的傳統名校，每年都有兩、三個人可以考上台大，在智育方面，算是很強的；可是在體育方面，就這麼稍稍弱了一點……所謂五育均衡發展嘛，所以，我打算積極響應政府的『兩岸棒球交流計畫』，成立一個棒球隊……」

「嗯。」烏米點頭回應。

趙校長走向窗邊，指著窗外一大片空地說：「我們在那裡……那裡，蓋了一個新球場，花了學校不少銀子；至於球員呢，我都找好了：超哥帶了兩個從大陸來的學生，好手中的好手！其他的球員，全都是棒球硬底子，裝備也都用高級貨……現在是萬事俱備，只欠東風，教練的工作，我看沒人比烏教練更適合了！」

「校長，您過獎了……」

「不過，你也知道球隊剛成立，所有的資源都用在硬體上了，所以教練的待遇呀……嗯……只要大家共體時艱，最後看到學生燦爛的笑容，一切也都值得了，你說是吧？」趙校長轉過頭來，一臉狡猾，笑著對烏米說。

「校長您說得是。」烏米苦笑回應。

「好，你能這樣想，最好啦！」趙校長突然表情嚴肅，指著遠方說：「你看，國球將亡、百廢待舉，改變的時刻到了……烏教練，你準備好了嗎？」趙校長說完，拿了一份宣傳冊子塞給烏米。

烏米看著趙校長嚴肅的表情，又轉頭看看超哥輕蔑的笑容，微微皺起了眉頭。

夜市裡人來人往，烏米的攤子依舊冷冷清清，對面新開的燒烤攤卻人潮絡繹不絕。烏米坐在攤子後，手中拿著對面攤子買的燒烤雞排，無聊地翻看青屯高中棒球隊宣傳手冊，封面上大大印著趙校長的照片，他身穿繡著青屯高中英文縮寫「CT」的棒球服，底下一行宣傳字眼寫著：「熱血、成長、青春，青屯棒球隊招生……Come on！我們準備好了！」

「熱血、成長、青春」，這幾個字吸引了烏米的目光，他腦海裡閃過高中時期在校隊中練球的各種回憶，那時輕快無憂、單純為熱愛的棒球而打拚的心情，讓他愉快地露出微笑。他咬了一口手中的雞排，忍不住大叫出聲：「幹！怎麼這麼好吃？難怪生意那麼好！」

「老闆，雞排一個切三段，有骨頭的部分炸酥一點，粉不要太厚，最後加九層塔一起炸……對了，要塗醬唷！」一對年輕情侶走過來烏米的攤子，開始點菜。烏米趕快放下手中別攤的雞排，迅速在油鍋中放下客人點的東西。

男子掏出五百元給烏米，烏米微笑點頭接下鈔票，很快地看一眼，幹！又是一張玩具鈔票！不過再仔細看一下，原來是自己眼花。他為自己的神經兮兮感到可笑，又覺得可悲。

烏米呀，你手臂就算要廢，也是要廢在紅土草地上，不是廢在夜市油鍋裡！

烏米看看客人，想起了博仔的話，又看看那張印有棒球員圖案的五百元鈔票。他突然對客人說：「拍謝唷！休息囉……」一邊把五百元還給男子，脫下圍裙，伸手關了招牌燈。

「搞什麼鬼啊？」年輕情侶被烏米突如其來的舉動搞得十分不爽，口中一陣叨唸。

草皮有點稀疏，紅土地上有很多大小石塊，場邊撐起幾把「儷容男女護膚」大洋傘充當球員休息區。這座看起來乏人照料、設備簡陋的球場，就是青屯高中的棒球場，也就是趙校長口中「花了不少銀子蓋的嶄新場地」。

穿著水手制服的高中女生小悠，是青屯棒球隊的經理，她坐在大洋傘底下，用膠帶一圈圈地貼著破損的紅線球，旁邊兩籃約莫幾十顆棒球是她已經修補好的；紅色膠帶用在外野草地，綠色膠帶用在紅土內野，雖然不是白色的球，但也算可以看得清楚了。學校不願意多給經費，也不重視球隊，很多事情他們只能克難著處理，有球可以打才是最重要的。

棒球隊員們穿著正式球衣，在場邊進行一對一訓練。

正在對捕手進行反應訓練的是棒球隊隊長黃以樂，綽號「阿樂」，是三壘手。阿樂曾經是青少棒聯賽的全壘打王暨最有價值球員，一度是萬眾矚目的明日之星；但後來跌破眾人眼鏡，沒有入選國家隊，只因為他毆打球隊教練。至於衝突的真正原因，沒有人知道，阿樂也絕口不提。

球隊捕手田中凱，綽號「紅面」，因為他的臉上有一塊非常明顯的紅色胎記。紅面是中日混血兒，父親是日本人，在台灣經營日式居酒屋。紅面沒有打過少棒、青少棒，看得出來他的守備與傳接球動作都相當生硬。不過紅面的父親曾經參加日本甲子園高中棒球錦標賽，紅面能加入球隊，是父親最感欣慰的事。至於紅面到底喜不喜歡棒球，他自己也說不上來。

另一組正在練習傳接球的是Speedo與Mori。Speedo是中外野手，青少棒聯賽盜壘王，天生快腿，運動協調性可以說是全隊最佳。他從小家庭環境非常複雜，似乎有黑道背景。Speedo平日四處打工、兼差賺錢，也因為這樣的背景，養成了油條的個性，愛開人玩笑、占人便宜，平常總是吊兒郎當，只有在球場上，他是認真的。

Mori是投手，名叫陳景森，外號「小黃平洋」，是青少棒聯賽最優秀的投手。在所有的球種裡，他的滑球最具威力，但國中之後戰力突然嚴重下滑，原因不明。

阿樂站在距離紅面大約十公尺遠的地方，不斷打強襲球給紅面擋。紅面穿著全套護具，對阿樂打來的球毫無招架之力，不斷被球痛擊。他不斷嘶吼，像是要鼓勵自己，其他隊員在他背後圍成一圈，也不斷加油鼓譟……

最後阿樂輕輕觸了一球，紅面拚了命向前衝，可是兩腿一軟，無力地倒在紅土上。阿樂冷笑了一下，說：「紅面仔，昨晚幹什麼去了，這樣就腿軟囉？」紅面躺在地上，大口喘著氣，沒有回答。

阿樂的眼光瞥向一旁練習傳接球卻不斷漏接的其他球員，忍不住皺了皺眉頭。他看了看手錶，對全體隊員喊：「休息五分鐘！」球員喊聲「噢斯」，便三三兩兩走回休息區。一個學弟趕快拿水給紅面喝，紅面拿下頭戴的護具，汗水自頭上不斷流下，臉上的紅色胎記因為劇烈運動顯得更加鮮紅。

在這群隊員中，有兩名穿著練習服的球員，他們是因為「兩岸棒球交流計畫」，由對岸到台灣來打棒球的高中生。高高瘦瘦坐在一旁休息、耳朵裡塞著耳機專注盯著 iPhone 手機的是李建剛，綽號「小剛」，在美國出生，十五歲回到中國；他是個非常有潛力的投手，已受到多支大聯盟球隊高度關注。

另外一個身材矮胖的球員，名叫劉鳳連，綽號「小鳳」，目前是高二生。但他其實是個小和尚，聽說還是少林寺來的，法號「永勝」，是個十足的棒球漫畫迷……不過在來台灣之前，好像從沒打過棒球。

小鳳一回到休息區馬上拿起水，正要喝的時候，小悠伸手擋住：「教不聽吶？先給學長喝啦！」

小鳳看了看四周，其他低年級隊員確實先拿水給賢拜喝，紅面、Mori、阿樂都有水，他連忙把水送給 Speedo。小剛則自顧自地拿起水就喝，一臉無所謂的樣子。

「喂，大陸來的，昨天叫你選背號，你選好了沒有？」阿樂對小鳳說。

「報告隊長！小僧想好了。」

「還小僧咧……選幾號啦？」

「五十二號！」小鳳笑嘻嘻地用手指比出五十二。

「劉鳳連，五十二是鋒哥的背號，你敢用噢？」一旁的 Speedo 一聽，差點把口中的開水噴出來。

「當然敢，陳金鋒是我的偶像嘛！那年鋒哥在Tokyo Dome（東京巨蛋球場）打了個超大號的本壘打，播報員說，從東京打到了北京，特牛B的，小僧想要好好效法他。」小鳳一邊說，眼中散發著光芒。

「還本壘打咧，告訴你，在台灣，那叫全壘打啦！……死阿陸仔，用五十二的一半還差不多……這樣好了：你用二十六號啦！」阿樂冷笑著說。

其他球員們哄笑著，竊竊私語說著「阿陸仔」和「二六」的諧音。

「收到！還請各位學長多多指教！」小鳳挺胸抱拳，向大家致意。

看到小鳳的反應，球員們都笑了。

阿樂轉向小剛問：「李建剛，那你呢？」

小剛一臉不屑地說：「頂尖投手就是十八號，這號碼我用慣了。」

「看你屌的咧，你以為你是王建民唷？……頂尖投手？你說了算唷？」阿樂也滿臉不屑地回應。

「就我說了算！」小剛說完，望著遠方，一副大爺模樣。

其他球員看著小剛的反應，氣憤地議論紛紛。只有兩個人自外於這場紛擾，小悠拿了一條冰毛巾，深情地幫Mori擦汗，接著又趕快遞上水，然後使出她的專長——按摩，幫Mori揉捏手臂。Mori也深情地看著小悠，臉上帶著靦腆的笑意。

這時，趙校長帶著烏米和超哥，朝球員們走來。除了他們以外，一位年紀六十開外、看來親切熱心的老爹也出現在球場上；老爹示意球員們集合，大家站定之後，他轉頭對烏米說：「教練，大家叫我阿宗師，是這裡的里長，你沒來之前，這群孩子是我義務帶的。」

「辛苦了，阿宗師。」烏米禮貌地說。

「各位同學，這位是新來的烏米總教練，大家鼓掌歡迎呀！」趙校長向球員介紹烏米。球員們你看我、我看你，不知所措，最後視線都停在阿樂臉上。這時小鳳卻開始拍手。

「歡迎歡迎，熱烈歡迎！」小鳳熱情喊著。

阿樂左右看看，假咳了一聲，說：「來唷，大家喊聲歡迎教練唷……」

「噢伊……噢伊……青屯……青屯……嗨啦，青屯！教練好！」球員們以隊呼回應。

烏米點了點頭，視線掃過全體球員。他看著一字排開的學生，不禁皺起眉頭。他們的球衣貼了滿滿的贊助商廣告貼布：慶華汽車借款、一番居酒屋、儷容男女護膚……最後，他的目光停在Mori手上用繃帶綁著的磚塊，那是為了訓練他投指叉球，湊合著做的。

「很好，大家都吃得很飽嘛！」趙校長接著對烏米說：「烏教練，我先介紹隊長給你認識。隊長的父親是市議員黃利達，也是我們後援會的會長，對球隊幫助可大了。他叫……他叫……喂，你叫什麼來著？」校長指了指阿樂問道。

「黃以樂，叫我阿樂！」阿樂有些不悅地回答。

「你看我這個腦子唷！」趙校長敲一下腦袋，裝腔作勢地說。「好啦，阿宗師，我還有公文要簽，接下來就麻煩你囉。」說完，趙校長拍了拍烏米的背，一溜煙離開了。

阿宗師向烏米點點頭，接著介紹起來。他指著 Speedo 說：「先向教練介紹這位外野手 Speedo，腳程很快，全隊最搞怪的就是他！」

烏米看了看 Speedo，視線落在他胸前的運動頸圈，不禁一怔。

「我們在哪裡見過嗎？」烏米問。

「教練，下次要玩，到別家店啦！我們家帳單都嘛灌水的……」Speedo 搞笑地說。全隊跟著大笑起來，烏米眉頭一皺，目光凌厲地掃視球員，笑聲登時停止。阿宗師接著指向 Mori 說：「這是投手 Mori……」

烏米突然舉手阻止。「阿宗師，夠了……」接著他面對球員，下達指令：「全部都有，球場二十圈！」

阿樂對這個突如其來的命令有些疑惑，但還是高聲回應：「噢斯！」接著帶領全體球員繞球場跑步。

「阿宗師，學生的球衣怎麼貼成那樣？我們是丐幫喔？」烏米對阿宗師說。

一旁看著的超哥突然開口說：「我們球員的素質特好，教練，要是帶不出成績，你得負責呀！」

「教練，有球打已經不錯了；說真的，這群孩子素質不錯，好好訓練一下，未來說不定會飛上天呀！」阿宗師也跟著附和。

烏米踩了踩地，用腳踢出一塊石頭，對一切充滿無力感。

「是呀……親像飛龍，飛上天呀……」烏米抬頭，看著球員喊聲跑步，若有所思。

市中心的高級餐廳裡，穿戴不凡的人們拿著刀叉優雅用餐，有禮貌地交談著。

穿著高級孔雀藍洋裝、配戴水鑽耳環、年逾五十而氣質不凡的婦人，與穿著豆沙色洋裝、長髮隨意披散仍不掩其出色容貌的女子，還有一名梳著時髦髮型、穿著亞曼尼高級襯衫的男子，三人同桌默默用餐，氣氛有些拘謹。

「嗯，Scott，現在職棒選手年薪這麼高，你知道他們腦袋裡都在想些什麼嗎？」婦人為了打破這讓人尷尬的沉默，率先開口說話。

「其實，現在美國的球員只關心兩件事。第一，驗不出來的禁藥在哪裡？第二，跟老婆離婚，贍養費怎樣可以少付一點……少到他的前妻只能兩天才做一次按摩。」這是 Scott 熟悉的話題，他為了討好眼前這兩位女子，習慣性地故作幽默。他有著出生在美國的 ABC 獨特的中文腔調。

「棒球應該充滿熱血才對，球員應該為了榮譽拚命打球，可是現在搞到什麼都向錢看，I don't like it.」一旁年輕女子面無表情地瞪著 Scott，語氣有著嫌惡。

婦人看看兩個年輕人，打圓場地接著說：「Nancy 啊，Scott 之前在美國當過 sport agent

（運動經紀人），然後現在在外商軟體公司，管理整個大中華地區的行銷，非常優秀的啊！」

「嗯哼……」Nancy 禮貌地微笑，一邊百般無聊地用手一片一片撕著盤子裡的生菜。

「我們家 Nancy 啊，小時候也迷過職棒喔！」婦人轉頭對著 Scott 說。這位優雅的婦人是 Nancy 的母親，這些年來帶著 Nancy 到處相親，已經是她生活的重心。今天這場餐會是她計畫許久、精心安排的。眼前這位 Scott，年輕有為又財力雄厚，看起來前途無量，她於是更賣力的想促成兩人，不斷為他們尋找共同的話題。

「台灣職棒嗎？」Scott 好奇地問。

「嗯嗯……」Nancy 無所謂地點點頭，繼續撕著手中的生菜。

Scott 有些不屑地說：「我從不看那個，台灣職棒是花錢看人作假，我最近才聽說當年有個叫烏米的球員，現在又回到高中教棒球了。黃清海，你應該知道他吧？」

Nancy 聽到「烏米」兩個字，眼神中閃過一絲驚訝，隨即又恢復了無所謂的神情，淡淡地說：「NO……」

「那傢伙以前很強，還差點拿三冠王，他竟然也涉嫌放水，很快就被趕出棒球界了。你看連這種人都能教球。台灣棒球還有救嗎？」Scott 繼續滔滔不絕說著。

Nancy 陷入了久遠的回憶中，一股莫名的怒氣慢慢湧上……

「Nancy，很高興認識你。」Scott 舉起紅酒杯向 Nancy 敬酒。

Nancy 還沒來得及作出反應，一旁的母親像是要掩飾什麼似的，馬上開口說：「我們家

Nancy 對酒精過敏啦，我來跟你喝一杯……」

Scott 笑笑，深情地看了 Nancy 一眼，接著用他那極有教養的舉止，向 Nancy 母親敬酒。

一旁的 Nancy 怒目瞪著笑意盈盈的母親，突然大吼了一聲：「過敏？對啦，I am allergic to bullshit!（我對鬼話過敏！）」

說完，Nancy 也不管兩人，自顧自地拿起包包走人，只留下滿臉尷尬的 Scott 和強忍怒氣的母親。

台中著名的櫻花棒球場，是由二〇一〇年世界青棒錦標賽（ＩＢＡＦ）冠軍主體球隊西苑高中負責管理，主副球場各一，室外投手牛棚與室內打擊區都管理得井井有條。如果左營國訓中心天氣不好，有時候國家代表隊也會到櫻花棒球場來移地訓練。

今天，西苑與青屯兩支球隊正在進行練習賽。西苑是傳統青棒名校，球員休息區軍容壯盛，教練團有三人，低年級的一整班學弟在後面加油，十人左右的加油團響起整齊的加油聲，球員上場打擊時都會脫帽向裁判敬禮。一旁還有辣妹啦啦隊打氣加油。

反觀青屯高中，休息區只有經理小悠、幾個低年級替補球員、投手小剛，教練人員有烏米與阿宗師，兩人不怎麼交談。青屯的加油聲都是小悠一個人發出，相較之下頗為淒涼。

計分板上顯示目前是七局上半，兩隊比分是十二比零，西苑遙遙領先，而且攻勢仍在持續中。站在投手丘上的是Mori，他已經投得滿頭大汗。

這時西苑換了一個像是國中生的小朋友上來，Mori眉頭一皺，喃喃自語：「派國中生出來打，瞧不起人唷？」

Mori看看捕手紅面，捕手回頭看看休息區裡的教練，仍然沒有任何的戰術指示。紅面只好隨意配了個內角球，Mori做好投球準備動作，嘴裡吼著：「打得到的話……就打看看呀！」Mori奮力投出，球勢非常猛，卻往打者的身上招呼過去；打者閃避不及，球結結實實地擊中手臂，這是一個觸身球。

西苑休息區傳來陣陣噓聲，防護員也立刻上場，但打者笑著說不會痛，甩開棒子，往一壘跑去。Mori更加沮喪，把松脂粉用力往地上一丟，揚起一陣白煙，同時感覺自己的手指隱隱作痛。

西苑的下一棒上場打擊，捕手紅面還是沒有接到任何指示，於是隨便比了個內角球的暗號，Mori搖搖頭。紅面兩手一攤，意思是那就隨便投吧！

蹲捕的紅面對打者低聲說：「喂，你馬子太騷了，在床上亂叫，連我爸都嫌吵！」企圖擾亂打擊者的心情。但西苑的第四棒並沒有生氣，只是盯著投手說：「專心打球啦！都輸到脫褲子了，還講那些有的沒的。」

Mori投出，四棒打者奮力揮棒，是一個三壘方向的正面滾地球。阿樂很快接起，看看三壘來不及，只好往一壘傳，可是沒傳好，一個反彈，一壘手小鳳沒能即時接住，跑者安全上壘，西苑形成滿壘。加油區的辣妹啦啦隊高興得大叫，精神抖擻地又來了一段加油隊呼。

阿樂對於自己沒能讓跑壘者出局非常生氣，把手套用力往地上摔。Mori為了穩定阿樂的心情，大聲喊了喊：「No mind!（沒關係！）」一壘手小鳳附和著對阿樂說：「No mind!」連西苑站上三壘的跑者也對阿樂說：「No mind啦！」

Mori回頭看看休息區，教練烏米還是沒有反應，烏米隨意看著球場，滿不在乎的樣子。另一名投手小剛戴著耳機，對Mori指指自己的手臂，搖了搖手，意思是他不能投了。小悠則是心疼地看著滿頭大汗的Mori，兩人眼神對上時，小悠對他比出一個加油手勢。

Mori看到小悠的打氣，精神總算有些振作。他低頭看看自己的手指，指甲好像裂開了，滲出血珠。

這時西苑換代打，教練從加油區叫了個替補球員出來，這個球員看起來相當年輕。紅面大喊：「兩出局，守一個！喊聲唷！」青屯隊員也跟著有氣無力地喊了聲，休息區裡的小悠喊得都還比他們大聲。

西苑派出的代打年紀雖小，氣勢卻很驚人。Mori投出的第一球就被咬中球心，直向中外野飛去！非常高、非常遠，眼看就是一支清壘的安打了。這時中外野手Speedo卯足全力衝過去，一個飛撲，在球落地之前，穩穩地把球收進手套裡！不但接殺了打者，也終於結束這漫長的半局。

青屯高中的所有選手都興奮得大喊「Nice center」、「Nice center」，Speedo帥氣地跑回休息區，攻守交替。

比賽來到七局下半，上場前，烏米一個人站得遠遠的，甚至把頭轉向場外，看都不看球員。於是阿宗師召集球員，對大家精神喊話：「搞不好，這是最後半局了；人家是世界冠軍，就算只派二軍出來，能學多少就多學點吧！大家的表現很好了，我們輸球不能輸志氣，來來來，喊聲！」

「嗨啦，青屯！」球員們隨意喊著，士氣渙散。

小悠趕緊過來幫 Mori 看他的手指，十分擔心。她拿出相當簡易的醫藥箱，開始幫 Mori 做簡單的防護。

這個半局第一個上場打擊的是紅面，面對投手投出的第一球，他很快揮棒，軟弱無力地打出內野滾地球，球傳一壘刺殺出局。

第二個上場的是小鳳，上場前，他還雙手合十向主審敬禮。毫無球技可言的小鳳，上場連續三次揮空，很快就被三振出局了。

接著是 Speedo 的打擊，他吐了口口水，提起棒子，非常有架勢的上場，往打擊區一站。投手投出，他出其不意地改握短棒，一個觸擊短打，靠著他的快腿，安全跑上一壘，這時青屯休息區爆出巨大歡呼聲，全體隊員都很興奮！

接下來阿樂上場。Speedo 在壘上開始帶動搞笑加油口號，青屯高中的球員雖然跟著配合，但整體氣勢還是很差。

面對對方投手的投球，阿樂來勢洶洶地連續擊出幾個界外球。這時，休息區裡的阿宗師一直叫他看暗號，可是阿樂不予理會。最後，他被一個滑球誘騙，非常用力地揮出大空棒，三振出局，比賽結束。阿樂當場氣呼呼地把球棒摔回休息區。

最後青屯以零比十二，極為懸殊、慘烈的比數敗給了西苑。雙方在球場上列隊。西苑整齊劃一地向對手、球場敬禮，青屯這邊則像是一群散兵游勇，毫無紀律，胡亂地脫帽敬禮，然後就三三兩兩離開。西苑的領隊是市議員張廖萬堅，他也是台中棒委會的主委，球隊在他的帶領下，無論球技和學生管理都是一等一的典範。烏米之前當選手的時候，也曾受過他的照顧。

議員脫帽與烏米握手，說了聲：「教練，加油唷！」他的表情帶著一點惋惜與不諒解。不過烏米什麼都不想多說，只是默默地轉身離開。

比賽結束，休息區裡，青屯球員自顧自地整理球具。阿宗師問烏米要不要訓話，烏米搖了搖頭；他和阿樂四目相交時，阿樂狠狠地瞪了他一眼。烏米了解阿樂的心情，並不怪他。作為一個運動員，尤其是像阿樂這樣充滿企圖心、充滿熱血的球員，誰不想要在球場上風光贏球？但烏米有他的苦衷，他並不期待受到球員們的理解。這是他唯一能保護他們的方法。

儘管烏米不訓話，阿宗師還是召集了垂頭喪氣的球員，對他們做了一些簡短的鼓勵與打氣。但青屯這幾個月來已經不是第一次輸球，而且場場都輸得這樣慘，阿宗師此刻的打氣，已經像空氣一般薄弱無用，連他自己都忍不住跟著心情黯淡了起來。

烏米自顧自走向場外的機車停車場。他從口袋內摸出車鑰匙，坐上摩托車，準備離開。突然，博仔擺著一個臭臉，現身在機車前。

「幹，你擺爛唷？」博仔怒氣沖沖地質問。

烏米不理他，拿出車鑰匙插進鎖孔，正要發動機車，博仔一把搶走車鑰匙，用力丟到路邊。他盯著烏米，更大聲地吼了一次：「是怎樣？你給我擺爛唷？」

「賢拜，你要我幫的……我幫不了。」烏米無奈地搖頭。

「幹，你翅膀硬了，會飛了是吧？不想想當初賢拜是怎麼照顧你的？你高中住院，是誰幫你送飯送水？你大學時搞大馬子的肚子，是誰當掉機車借你錢，讓你去夾娃娃？現在要你幫個小忙，又沒叫你殺人放火，你是在機歪什麼呀？」博仔怒氣沖沖。

烏米無法反駁，博仔講的都是事實，他確實虧欠博仔很多。博仔是自己唯一的朋友也是恩人，而且除了恩情，還有一份親人般的感情。若是其他的事情，他絕對兩肋插刀，沒有半句廢話。但是講到現在要幫忙的這件事，烏米總是想起當年那個夜晚、那場比賽；更重要的是，當他看著這群單純的孩子，說什麼都沒辦法點頭配合。

「賢拜，很抱歉……」烏米無力地說。

「好啦好啦，麥囉嗦啦！我不管，你答應的，就得給我做到！」

烏米不搭理，悶著臉撿起車鑰匙，騎上車，猛加油門走了。

博仔還在後頭大叫：「大仔不過就要你好好當個教練，有那麼難嗎？」

校長室裡，校長自顧自地梳理好假髮，對著鏡子試戴。經過幾次調整，他終於滿意地回身，坐下來看了看對面的烏米。桌面上放著一個白信封，上面用歪斜的字跡寫著「辭呈」兩個字。

「怎麼啦？不過就輸了一場球，幹嘛這樣？」趙校長滿不在乎地說。

「校長，三場了……」

趙校長站起來，走到烏米身邊，笑著拍拍他的肩膀說：「拜託！要是輸球就辭職，台灣哪裡還有棒球教練呀？」

「都輸到沒信心了，還不夠嗎？」烏米苦惱地說。

校長從上衣口袋裡掏出香菸，給自己和烏米各點了一根，就在大大的「室內禁止吸菸」標誌面前。趙校長神情自若地抽了口菸說：「烏教練，這個棒球呀，它最討厭的一點，就是每場球賽都會有人輸！哎唷，我們不輸，別隊哪有得贏呀？」

「可是，我們球隊很有問題，我沒信心可以帶好他們。」烏米低聲說。

「你說那些阿陸仔唷？」

「不完全是啦！」

「我告訴你，賈宗超那小子是個混蛋，裝腔作勢的不老實嘛……那個什麼少林寺來的小和尚，我還以為他會功夫咧！結果連棒球都沒打過，我他媽的被騙了！」

「不老實的，好像不只他一個……」烏米自言自語地說。

「好啦好啦，別管那麼多了！」校長拿起桌邊的一份文件繼續說，「你看看，自從你來了，球隊贊助多了九十幾萬，政府的補助也快下來了！你如果嫌待遇不好，過陣子等時機對了，我們再來整體檢討一下……」

「校長，不是錢的問題啦……」烏米有種秀才遇到兵的感覺。

「不是錢的問題？那是什麼問題？哎唷，Bada 大仔推薦你來的，沒問題啦！」這時，校長突然臉色一沉，壓低說話的聲音，「不過，現在你要操心的，是這個。」

趙校長又從旁邊的公文堆拿出最上面的那份，遞給烏米，正色說道：「總統府來了一份公文，說有學生檢舉，我們球隊有嚴重問題……」

「總統府？」烏米看了看公文，狐疑地說，「總統也管棒球噢？」

烏米的話讓趙校長也覺得事有蹊蹺，但他很快回神答說：「總統府蓋在海邊，管很寬的嘛。我問你，球隊裡有人霸凌嗎？」

烏米滿頭霧水地說：「球隊裡只有管教不靈，沒聽過什麼叫做霸凌。」

「那……是學生打了你囉？」趙校長略帶驚訝地問。

聽到校長的問話，烏米忍不住笑出來：「他們想打的東西多了，還輪不到我吧？」

「再不然……你和學生上床吼？」校長突然大叫！

「當然沒啦！」烏米嚴正撇清。

這時，趙校長露出安心的微笑，說：「全沒就好啦！總之，公文上什麼也沒講，明天會有個專員下來。我不管，你得先搞定這個。」

「校長，我搞不定啦……」烏米為難地說。

「哎唷，這點小事輪不到我出馬啦……我告訴你，這個政府的事，挺個兩天就過去了，重點是禮物嘛！」趙校長從桌子旁邊的櫃子裡拿出一個大禮盒，繼續說：「明天你簡報青菜講講，講完趕快送禮物。男的就送黑木耳、女的就送珍珠粉，這禮盒這麼漂亮，長官們一開心，什麼事都沒了，就這麼辦！」

不等烏米回應，趙校長拿起烏米的辭呈隨意撕碎，扔進垃圾桶裡。他指了指自己手上的手錶說：「明天早上十點，別忘了啊！我還有好多會要開，這件事就先這樣了啊！」說完，又走到鏡子前，確定假髮仍安穩完美地掛在自己的光頭上，然後拍拍烏米的肩膀，送他出校長室，自己也快步往校門口正在等著他的黑頭轎車走去。

3

我們教練，沒救了啦！

要贏球，那還不容易？問題是：為什麼要贏？要怎麼贏？就算贏了……之後呢？

青屯高中校門口立起了巨大的五彩氣球拱門，一旁充氣用的發電機隆隆作響。拱門上懸掛著巨幅紅布條，上面黏貼燙金的大字寫著「歡迎總統府長官蒞校指導」。一道紅地毯自拱門前一路延伸至學校的教學大樓，紅毯兩旁更精心擺放了鮮花盆栽，誇張的排場完全符合趙校長的治校風格。

雖然距離公文上所寫的時間還有二十分鐘，此刻他已經領著一群穿著正式套裝的教師們，站在上午的豔陽下，等候即將前來視察的長官。汗水不斷自他的光頭與假髮間流淌下來，他偶爾拿出手帕擦擦額頭上的汗，又不放心地跑到一旁的警衛室，透過窗玻璃看看自己的假髮是否仍完美的頂在頭上。其他教師也都汗流浹背，陽光曬得他們頭昏目眩，心中對好大喜功的校長充滿抱怨，卻是敢怒不敢言。這其中包括棒球隊教練烏米。

這回，烏米在前一天晚上已經把襯衫、長褲都好好熨燙過，雖然技術不太好，但看起來總算稍微體面一些。他原先頂著一頭亂髮，早前接球隊的時候也已理成俐落的小平頭。儘管球員生涯讓他早已習慣在大太陽底下曝曬，但此刻穿著拘束的服裝站在這裡，漫長的等待還是讓他煩躁不已。

終於，一輛黑頭車遠遠地出現在他們眼前，趙校長馬上快速整理自己的衣服，拿出手巾抹掉汗，一邊緊張地說：「來了來了，大家站好！」

黑色豪華轎車一個迴轉，穩穩地停在紅地毯前，駕駛座旁下來一個西裝筆挺的男人，快速打開後座的車門。等待的眾人看到一位女性，穿著優雅的白色細跟高跟鞋，搭配全身潔白的高級套裝，脖子繫著粉紅色絲巾，戴著墨鏡、梳著俐落包頭，全身包得緊緊的，自車裡緩緩鑽出。她的白色套裝在陽光下那樣耀眼，讓所有人都忍不住眨了一下眼睛。這位女長官對著開門的男士伸出右手，男士趕緊遞上一把輕巧有著小花邊的名牌陽傘。

「哇！」眾人被這位女長官如此神氣的氣勢所震懾，忍不住異口同聲發出了小小讚嘆。

趙校長趕緊迎上前去，烏米跟在後頭。

校長慌忙地敬個禮，中氣十足地說：「歡迎長官蒞臨！」

女長官看看校長，目光停在烏米臉上，嘴角露出輕蔑的笑。那種下巴上揚四十五度的神態，讓烏米渾身不自在，忍不住在心中嘀咕：「幹！搖擺什麼？」

在校長的帶領下，女長官被眾人簇擁著來到簡報室。簡報室裡早就已經布置得美輪美奐，到處是「歡迎總統府長官劉莉如蒞校指導」的海報與布條，桌前是特別請花店插的鮮花，飲料、茶點一大桌；他們安排女長官坐在最前排正中央，趙校長與幾個老師端坐與會。

大夥終於坐進冷氣大開的簡報室裡，全都露出鬆了一口氣的表情，只有烏米一個人緊繃著神經站在台前。今天由他來進行簡報。

女長官感覺有些無趣的聽著簡報，有一搭沒一搭吃著茶點，腳上的細跟高跟鞋不耐地晃來晃去。她喝完一瓶紅茶，身邊老師立刻送上新的。

「SWOT，就是指Strengths、Weakness、Oppor……Opportunities以及Th……Th……」烏米發不出這個英文字音，尷尬得不知所措。

簡報內容不知道是趙校長從哪裡抄來的。昨晚烏米認真準備過兩個小時，但相較於食譜裡寫的雞排炸法，烏米顯然和這種文謅謅的簡報不太熟。

「Threats!」女長官不客氣地出聲，「你不是體大畢業的嗎？英文都唸到垃圾場去囉？」

「Threats……」烏米忍下怒氣，跟著唸出這個單字，繼續簡報下去，「也就是優勢、劣勢、機會、威脅，我們能夠正確分析出青屯棒球隊的SWOT，才能妥善制訂出振興青屯棒球隊的完整計畫。首先，讓我們看看……」

烏米正要換下一張投影片，女長官又突然出聲叫停：「Hold on a second!（等一下！）」同時示意把燈光打亮。現場的老師有的一臉驚恐、有的睡眼惺忪，不曉得女長官這會兒又要出什麼招。

女長官走到講台上，盛氣凌人地說：「別簡報了，我只有一個問題。」她對著校長，手指烏米說：「校長，這傢伙明明就是放過水的垃圾，你找這種人來，How can you build up the team?（怎麼可能帶好球隊？）」

在旁的烏米一臉不滿，插嘴說：「我沒放水，法院已經判了！」

女長官並不理會烏米，繼續質問校長：「校長，你怎麼說？」

儘管屋內冷氣很強，校長卻覺得他的額頭沁出了汗，下意識拿起手巾抹抹汗，支支吾吾地回答：「這個……這個……報告專員，我們治校一向是用人唯才，有關於烏教練資格的事，我們一切都是依法辦理，目前看來……好像並無不妥……」

「什麼叫依法辦理？接下來你是不是要說，謝謝長官的指教呀？」女長官杏眼圓瞪，兩隻眼睛直勾勾地盯著趙校長，凌厲的氣勢讓趙校長忍不住打個冷顫。

「是……謝謝專員的指教。」趙校長又擦了擦自己的額頭。

「網路上傳得很凶，說你們球隊黑錢黑很大，你知道嗎？」女長官在台前走來走去，眼睛盯著天花板，突然停下腳步，又轉頭面對趙校長，嚴正地說：「明天早上九點，我要看你們的裝備，全體隊員到球場讓我檢查，要是我看到有什麼不對的……校長，你知道我媽都叫我什麼嗎？」

「小淘氣？……不不……小美女？」趙校長小心翼翼地陪笑。

「我告訴你，我從小的綽號叫『Mad dog』……」女長官比了個裝狠的「瘋狗」姿勢，看起來有些幼稚，「只要被我盯上的，可沒有挺兩天就過去的……明白了嗎？」

看到她的手勢，底下有老師不小心噗哧笑了出聲，被女長官狠狠瞪了一眼。

「是是，我完全明白，瘋狗嘛，很凶狠的……」趙校長邊陪笑臉，一邊也比了個瘋狗的手勢，接著轉頭對烏米說：「明早九點是吧？……烏教練，那一切由你負責了！」

「See you guys tomorrow!（大家明天見！）」女長官重新戴上墨鏡，身旁的黑西裝男士也跟著站起來準備離去。

「專員，這麼快就走囉？我們準備了小禮物……快，禮盒！」趙校長回頭示意老師們趕快遞上禮物。

校長拿了禮盒衝上前去想送給女長官，女長官瞪了趙校長一眼，完全不理會；她拿起洋傘，細跟高跟鞋大聲「叩叩叩」的離去，臨上車時還向烏米比了個「我會盯著你」的手勢。

等到長官的黑色轎車消失在街道的那頭，趙校長才轉頭，臉色鐵青、咬牙切齒地向烏米說：「是哪個混蛋在網路上亂放話，快把他給揪出來！」

下午球隊練習時間，趙校長特別召集球員，交代他們回家後把球衣上的所有贊助廣告貼布都先摘掉，明天務必穿著乾淨的球服來。

練球結束之後，阿宗師也特別耳提面命一番：「大家回去要記得校長的交代，否則萬一上面不高興，下令我們解散，大家就沒球打了，知否？不會拆的人晚上把球服拿來我家，我叫阮某幫你們拆。」

阿宗師說完，問問烏米有沒有要交代的事情，烏米看著球員搖搖頭，一臉心事重重的樣子。他的目光掃過阿樂時，感受到阿樂的眼神透出一種接近憤恨的厭惡，直直射向他。

烏米感到一陣不悅。今天發生的這一切都讓他覺得倒楣透頂，莫名其妙到一個極點。

「幹！」他暗暗罵了一句，往地上吐了口口水，也不管球員還沒解散，便自顧自地往場邊的停車場走去。

放學後，學校旁邊的便利商店裡，學生三三兩兩的買零食、聊天、吹冷氣，把整間商店搞得鬧哄哄。

嘈雜的店裡，靠窗的一排座位最角落，阿樂穿著制服坐在那裡，專注地盯著他那台高級筆電的螢幕，上頭顯示ptt網站八卦版。阿樂在發表標題上寫著：「爆卦！你所不知道的青棒內幕！」接著寫了一大串內文後，拿起手邊的可樂喝了一口，看一看手錶，快七點了。他抬頭望了一下門口，臉上充滿不耐，又繼續敲擊鍵盤，接續剛剛未完成的文章。

「叮咚！」便利商店的大門打開，紅面拎著一包滷味進來，邊走邊吃。他一眼就看到角落裡的阿樂，但並沒有直接走向他，而是停在零食櫃前，盯著一旁的正妹猛瞧，口水都快流下來了。正妹似乎感受到他的目光，抬頭瞪了他一眼，移往飲料櫃去了。

紅面依依不捨地走向阿樂，拍拍他的肩膀，指了指正在挑選飲料的女孩。

「很正吧，隊長？想不想要電話？」紅面邊看邊吃滷味邊說。

「算了吧你，癩蛤蟆想吃天鵝肉！」阿樂看了一眼，興趣缺缺地說。

「隊長，別那麼認真嘛！Speedo 常說，我們平常就是打球、打牌、打屁兼打電動，該打的都打了，也該想想下一步了吧？」

「你還想打什麼呀？叫大家七點半集合，到現在一個人都沒有，Speedo 人咧？」阿樂不耐煩地說，目露凶光盯著紅面。

「他晚上打工，要我和你請個假。」紅面滿不在乎地說，不停吃著滷味。

「就知道這小子……其他人咧？」阿樂火氣開始上來。

「小剛的手不舒服，去中醫那裡做復健；Mori 被小悠拉去唱 KTV，其他人我不知道……」紅面這時總算放下吃到一半的滷味，認真地看著阿樂說：「隊長，我看明天的事，就算了吧？」

「什麼算了？大家都不配合是吧？好，明天我一個人幹。」阿樂突然大吼，引起店裡其他人側目。

「隊長，麥安捏啦，一直這樣搞小動作，到時球隊玩到收起來，怎麼辦？」

「我是為了球隊好，誰要是敢反對，就是和整個球隊過不去！」

「是和你過不去吧……」紅面盯著手中的滷味，喃喃說道。

「你說什麼？」

「沒啦，你說怎樣就怎樣。校長叫我們明天穿乾淨球衣給長官看，你說球衣上的貼布不要拿掉，然後咧？」紅面疑惑地看著阿樂，等待他的回答。

「其他的我自己會搞定。」阿樂臉色一沉，目光回到電腦上，將剛剛寫好的文章發表出去後，闔上筆電，暗罵一聲：「媽的，沒一個靠得住。」

鬧區的街道上，放學與下班的人潮熙來攘往，店家播放著巨大的音樂聲，把夜晚點綴得熱鬧非凡。手搖茶品店外，客人大排長龍，背著書包、穿著制服的小悠與 Mori 也和大家一起排隊，兩人已經等了十幾分鐘，一邊無聊地看著經過的路人，Mori 的表情有些憂鬱。

終於輪到他們。身著店內制服、綁著俏麗馬尾的店員，有禮貌地招呼兩人。

「歡迎光臨，請問今天喝點什麼？」

「一杯白桃蜜烏龍、一杯百香搖果樂，都半糖去冰。」小悠快速唸出早已經決定好的飲料名稱，點完之後抬起頭來遞出一張百元鈔票，這才發現女店員正盯著一旁的 Mori，露出微笑，兩眼放電。

「喂，他臉上有錢喔？」小悠一臉不悅，揮揮手上的鈔票。

女店員收回自己的目光，皺了皺眉，接下小悠的鈔票結帳。這時，小悠拉起 Mori 的手，身體整個貼過去，對店員揚了揚眉示威著。

Mori 沒有看著眼前這一幕，他一直盯著裡面正在製作飲料的店員。他看看店員手上的手搖杯，不自覺地甩了甩自己的手腕。

「悠，我來這裡打工好不好？」Mori 若有所思地說。

「你是怎樣？是欠錢還是想把妹呀？」小悠一聽到 Mori 的話，立刻用力甩開他的手，大叫著說。

Mori 嘆了口氣，用手拉拉小悠說：「沒啦，你看這店生意這麼好，我如果每天搖個幾百杯，我的史拉夫（手腕）應該會強一點吧？」說完還比了個投球的手勢。

小悠聽了 Mori 的話，這才鬆了口氣，語氣緩和地說：「陳景森，你別亂想好不好？只要你好好跟著教練學，很快就會像以前那麼強啦！」她拍拍 Mori 的肩膀，試著安慰他。Mori 對自己投球沒信心，小悠全都明白，特別是這陣子不斷輸球，她也能感受到 Mori 的焦急與失落。

Mori 低頭看了看自己的手腕，悶悶地說：「教練？教練有用嗎？」

這時 Mori 的手機響起，他從口袋裡拿出手機看了一下，一臉為難地把手機螢幕秀給一旁的小悠看，似乎是在問她要不要接。是阿樂來電。小悠看了一眼，眉頭一皺，把手機拿過來，關掉電源。

「我不管阿樂怎麼想，總之，我不會讓球隊沒教練的！」小悠堅定地說。

店員已經準備好飲料，小悠把飲料插上吸管拿給 Mori，同時給他一個鼓勵的眼神。

中醫診所的貴賓室裡，小剛趴在診療床上，一旁穿著粉紅色護士服的年輕護士，正在幫小剛安排電療復健。

超哥則在一邊打電話，話語中不時出現錢啦、兩岸交流計畫等字眼。而小鳳坐在小剛對面，他還穿著球隊的練習服，全神貫注看著職棒大聯盟的漫畫，看著看著竟然掉下眼淚，抽噎了起來。

「傻了呀你，看個漫畫也哭？」小剛覺得有點好笑。

小鳳擦擦眼淚，直率地說：「這個茂野吾郎真牛，手臂這麼燒下去，地球都暖化了……」

「漫畫就是騙你們這種傻豹的……你都幾歲了，現實和幻想，還看不穿呀？」

小剛的語氣中透著老成，他雖然和小鳳相差沒幾歲，但閱歷比小鳳豐富許多，自小在棒球圈打滾，也知道一些黑幕。他熱愛棒球，但從不作夢，只為自己堅實的目標努力。

「學長，話不能這麼說：所謂讀萬卷書、行萬里路，我從小除了讀經，就愛看棒球漫畫，這次有機會來台灣，棒球的學問，小僧得親身好好體會體會！」小鳳認真回答。

小剛冷笑了一聲，沒有答話。護士啟動開關，一股痠疼流過他的手臂，他忍耐著，也享受著。

小鳳闔上漫畫，又接著說：「學長，我看你每天都一個人練，既然都來了，多學點人家的長處嘛！」

「我？我是來拚成績，將來要去大聯盟的！你看那洋基隊的A-Rod，女人一個換過一個，瑪丹娜換過卡麥蓉迪亞，那才叫神氣！」小剛說。身邊年輕的正妹護士很親切，幫小剛調整手臂的位置，小剛也頗有意思地對她微笑。

這時，超哥突然對著電話狂吼：「……你這人做事不靠譜呢！你校長位子是睡來的呀？……行了，我爐上還煮了水，沒空理你！」

超哥氣呼呼地掛了電話，小鳳急忙走上前去。

「表哥，趙校長怎麼說？我能留在台灣嗎？」小鳳焦急地詢問。

超哥從口袋裡拿出香菸就要點上，但被護士狠狠瞪了一眼，只得把打火機收起來。他嘆了口氣說：「煩吶！什麼一團亂的……」

「表哥，我知道自己運動不行，可是我難得來了，幫幫忙，讓我留下吧！」小鳳哀求著。

「沒事，我答應了大舅，這是個度假團，包吃包住還免團費，帶你進就會帶你出！」超哥拍拍小鳳的肩膀，有些氣憤地說：「趙校長腦子不清楚嘛，早說了你是『少臨寺』小和尚，他還以為你是少林寺武僧，這誤會是他造成的，他得負責！」

「你胡搞一套，誰信呀？」一旁的小剛冷笑著插話。

「哎唷，我的小剛哥，不管您信不信，反正，我是信了！」超哥面對小剛，態度一百八十度大轉變，一臉陪笑示好。

小剛可是超哥的一隻大金牛，當初小剛的父母給了超哥一大筆錢，讓他送小剛來這裡，如果能讓小剛從台灣拿點成績，以後順利登上大聯盟，後謝可少不了，所以超哥簡直把小剛當作老祖宗般服侍。

「阿彌陀佛，感恩感恩，那我可以繼續打球囉？」小鳳心中燃起一絲希望。

「打什麼球呀？就當來耍場猴兒戲吧！棒球，在咱們那兒誰看呀？」

「有人看，會有人看的。」

「傻蛋！聽表哥的，你就隨便練練，我會努力爭取你上場空間，接著拍些照片存檔，改天幫你潤潤數據資料，這樣就算完成任務了；有空咱們到日月潭、阿里山走走，再到北投洗個澡、搓個背，你再學幾句台語，買幾盒太陽餅回去給大舅、舅媽，這樣，皆大歡喜嘛！」

超哥有些無奈地勸說小鳳，他覺得這個小表弟實在天真得可以，又直又憨，簡直不知該拿他怎麼辦。

超哥接著轉向小剛，又露出了討好的笑臉：「至於小剛哥，您的狀況完全不同：李總的錢已經打到我卡上了，一個子兒不少，該讓您大展雄威的機會，一次我都不會放過！」

「我能來台灣，是憑實力好唄？」小剛盯著自己的手臂，看也不看超哥。

「這當然啦，將來，您要進大聯盟的嘛。只是，我得提醒一聲……」超哥把聲量放低，神祕兮兮地說，「台灣教練聽說專門廢人手臂，您得多保重點！」

「一場比賽，我最多六十球。」小剛淡淡地說。對於他的手臂，小剛知道那是上天給的禮物，肯定得好好保護。

「對，我的小剛哥，我會幫您好好盯著，可千萬別受傷了！」超哥轉向小鳳，又是一臉凶惡地說：「我警告你，那個阿樂想搞什麼陰謀，你給我保持中立，別給哥扯什麼亂子。」

「表哥，隊長只是找我們集合一下，別想那麼多吧？」小鳳無所謂地說。

「不多想？小心被台巴子吞了！」超哥繼續教訓著小鳳，「就說你那背號好了，台語你懂不懂？他們是在笑咱們吶！」

「笑就笑唄，在球隊裡，學長總是對的。」小鳳認命地說。

「對你妹呀！別老把漫畫裡的那套掛嘴邊。」小剛看著小鳳，一臉不屑。

小鳳低著頭，低聲說道：「也行，小剛哥是學長，那你說了算！」

上午九點，球場上豔陽高照，女長官已經準時到達球場。她依然全身名牌，包得密不透風，坐在「男女護膚」的大洋傘下，蹺著腳，大爺一般地看著青屯高中棒球隊。

全體棒球隊員在女長官面前一字排開，球衣上的贊助貼布都拿掉了，只有紅面和阿樂兩人的球衣還貼著。烏米看到兩人的服裝，不禁皺了皺眉頭。

「先幫專員介紹三年級的主力球員。」烏米轉過頭去，帶著微笑，語氣有禮，準備對女長官介紹球員。

「不用啦，你的球員我都很熟……」女長官用手指著球員說，「陳景森，大家都叫他Mori，國小就去過威廉波特，當年被稱為小黃平洋；那邊可愛的小女生叫小悠，是你們的球隊經理，聽說是滿凶悍的……」

聽到她說的話，烏米有些吃驚，但還是勉強擠出微笑說：「專員做過功課呀？」

「當然！」這時女長官站了起來，撐著陽傘，閱兵似的在隊員面前走過來走過去，最後停在阿宗師面前說：「至於這個uncle，他根本沒有教練資格！黃教練，說真的，你們球員的素質不差，別糟蹋人家嘛！」

「是我不會教球，我很過意不去。」烏米把責任攬到身上來。

「過意不去，那你就辭職呀！幹嘛還留在這裡害人？」女長官面向烏米，雙手抱胸，挑釁地說。

「你以為我不想辭嗎？」女長官的話激怒了烏米，他再也不想壓抑心中的怒火，決定豁出去。

「那快辭呀！婆婆媽媽的，不像個男人……」女長官的語氣愈來愈尖酸，一邊低頭看著球員的帆布鞋和隊長的球衣，繼續數落著，「你看看這是什麼？穿這種鞋，你們是打球還是種田呀？還有還有，球衣上貼這什麼鬼？找贊助找到男女護膚去了？」接著她又用洋傘挖了挖地上的石塊，用更大的音調說：「紅土有鋪和沒鋪一樣，你們還報了三十多萬的公帳？黃教練，你們是不是球來就打、有錢就騙呀？」

烏米儘管充滿憤怒，但女長官指出的種種缺失，確實直指球隊的問題核心，讓他無法辯駁。這些也是烏米對趙校長經營球隊的方針最不能接受的地方，然而這一切也不是他區區一個教練所能左右的。

於是烏米繼續壓下自己的怒火，平靜地解釋：「我們這叫節能減碳！劉專員，有關硬體的事，可以請你直接去問校長嗎？」

沒想到女長官並不打算放過他。她看了烏米一眼，輕蔑地笑著說：「什麼都推給校長囉？你看到違法，不主動舉報，還在這裡狼狽為奸，垃圾果然就是垃圾！」

這句話徹底激怒了烏米，他把帽子一丟，大吼著：「你夠了沒？媽的左一句垃圾、右一句垃圾……你到底是來考察，還是來找碴的呀？」

一旁的阿宗師眼見場面快要不可收拾，忍不住對烏米揮揮手，想要打圓場。

「劉專員，我們對事不對人啦；你看到什麼不妥，我們開個會好好改進嘛，何必這樣講話咧……」阿宗師溫和地對女長官說。

「對呀！我幹嘛對垃圾講話，該找環保局的人來才對。」女長官還是繼續挑釁烏米。

這時突然飛來一個水杯，砸中了女長官，灑了她滿身水。接著，大家看到原本待在洋傘休息區底下的小悠衝過來，準備給女長官來個飛踢，可是被 Mori 一把拉住。小悠在旁邊看到這一切，徹底抓狂，雖然被抓住了，嘴上卻開始連珠砲般地咒罵起來。

「你這個肖查某嘛卡差不多咧！我們好不容易有個教練，大家球打得好好的，你幹嘛來亂啦！」激動地說完，小悠居然哭了起來。Mori 拉著小悠，可是小悠還想衝上去給女長官一腳，一個飛踢，運動鞋都飛了。

女長官也被小悠激怒，不甘示弱地把太陽眼鏡一脫、洋傘一扔，準備衝過去開打。

「Bitch！我死都不怕了，還怕你？來呀！Come on！」女長官擺出拳擊動作挑釁著。

大家一時都傻了眼；阿宗師連忙拉開女長官，想控制住局面，但這兩個女人的戰爭一開打就沒完沒了，叫罵聲霎時充斥整個球場，其他隊員則忙著分開她們兩人。

一直在一邊冷眼旁觀的 Speedo，看著眼前混亂的場面，對身旁同樣在看熱鬧的阿樂不悅地說：「怎樣，你爽了吧？」

「你說什麼？」阿樂假裝聽不懂 Speedo 的話。

「現在鬧成這樣，大家都沒球打了，你開心了吧？」Speedo 把話講白了。

「不懂你說什麼！」阿樂仍繼續裝蒜，但語氣中帶著一點心虛。

「麥假啦，再假就不像了。」Speedo 用手肘撞撞阿樂，露出一種對一切了然於胸的微笑。阿樂皺著眉頭，不發一語。場上的混戰仍沒有停止的跡象。

「那現在怎麼辦，找警察來唷？」Speedo 問。

「別傻了，等條子來，兩個人都打死了。」紅面看著好戲，無關痛癢地說。他一個轉身，望向球場入口，忍不住驚呼：「哇靠！還沒報警，人就來了，政府效率這麼好唷？」

只見趙校長帶著兩名警察匆匆走來。原本推擠成一團的球員看到警察，紛紛停下來，只有小悠與女長官還怒目瞪著彼此。她們兩人披頭散髮，衣服也扯得亂七八糟，眼睛裡的怒火還熊熊燃燒著。

「劉小姐，你涉嫌偽造文書，請跟我們到警局一趟。」一名警察對女長官說。球員們聽了警察的話面面相覷，一臉狐疑。另一位警察則準備架走這位號稱「劉小姐」的女長官。

這時她突然拿起洋傘抵抗，一手亮出美國護照，嘴裡不斷嗆聲：「Don't you dare touch me! I'm a citizen of the United States!（你們敢碰我！我可是美國公民！）」

警察聽不懂她說的英語，轉頭對另一名警察說：「啊她是咧講啥啦！」

「美國人了不起呀？偽造文書沒罪喔？這裡是台灣咧！」另一名警察也對態度不佳的劉小姐嗆聲。

這時，劉小姐突然拿出手機，手忙腳亂地對著兩位警察亂比畫一通，同時喊道：「我在錄影囉！我警告你們：我和你們總統女兒是大學同學，有種你們碰我一下試看看！」

員警與校長聽到她說總統女兒，彼此對望了一眼，突然猶豫了起來。

「這很麻煩吶！」一名警察小聲地說。

「怎麼辦？辦不好的話，你的退休金就沒了。」另一名警察說。

他們倆躊躇了一會兒，決定丟下這塊燙手山芋，對趙校長說：「我們以和為貴，不要浪費國家資源。趙校長，你們私底下好好處理，我們還有更重要的勤務，先走了。」

趙校長看著快步離開的兩位員警，下意識抓抓自己的頭，突然間想到戴在頭上的是假髮，連忙又不著痕跡、小心翼翼地整理一下，深怕被學生看出來。

「唉，劉小姐……嗯，我可以叫你……Nancy 嗎？」趙校長有些無奈地說。

「Whatever……（隨便你）」Nancy 拍拍身上的灰塵，理理凌亂的頭髮，無所謂地回答。

「到校長室坐坐，有些事情想要請教你。烏教練你也一起來，走吧走吧。」趙校長拿出手巾抹抹頭上的汗，這陣混亂真讓他有些焦頭爛額。

在校長室裡，趙校長面色凝重地坐在桌前，翻閱一疊資料。Nancy 則大剌剌地坐著喝飲料，坐在她身邊的烏米眉頭深鎖，看得出來還是相當氣憤。Nancy 轉頭又對烏米比了個「我會盯著你」的手勢，氣得烏米忍不住對她比出一個拳頭。兩人正要槓起來時，趙校長看完資料，抬起頭來對 Nancy 說：「Nancy 小姐，這些不實的資料，你是從哪裡拿到的？」

「你們總統女兒是我大學同學，像這種資料，要多少我就有多少。」

「我不知道你為什麼要假冒政府官員，這是犯法的事噢！」

「預算灌水騙政府的錢，在台灣也不知道怎麼算噢！大家來翻呀！」

「我們一切都是依法辦理，哪裡有犯法的問題？」聽到 Nancy 的挑釁，趙校長臉色鐵青地反駁。

「I'll give this to you straight.（我就直接講清楚了。）只要這個垃圾不走，我就和你們沒完沒了，懂了嗎？」Nancy伸出手，指著身旁的烏米。

「什麼垃圾，你再講一遍？」烏米憤怒吼著。

「垃……圾！Garbage……Garbage……」Nancy語氣幼稚地回嘴。

「別把什麼都算在我頭上！有種你去挑後面的大尾呀！」

這時趙校長揮揮手，示意烏米住口。「烏教練，你可別亂說。Nancy，如果你和教練有私人恩怨，請兩位在校外解決，不要什麼都扯到學校。事情要是鬧大，球隊收起來，大家都沒球打了，這樣你開心嗎？」

「大家都沒球打？其實說穿了，你就是要錢對吧？」Nancy早就打聽過趙校長的為人，深知校長凡事向錢看的性格，冷不防冒出這句話。

「經營球隊最重要的就是錢！錢拿出來，你要我們教練爬就爬、要他滾就滾，你就是老闆嘛！」趙校長也不否認，振振有詞地說著。

「校長！」一旁的烏米被這荒謬的對話氣到滿臉脹紅。

Nancy聽了校長的話，腦中突然閃過一個靈感。她起身想了想，伸展了一下身體。

「OK，那我來sponsor你的球隊，我如果成了大股東，是不是就可以管你的教練了？」她瞪著慧黠的大眼，意有所指地說。

趙校長聽到「贊助」，立刻眼睛一亮，露出討好的笑容說：「Nancy，說到這個，那就得好好研究了。」

「要多少呀？You do the math!（你自己算）」Nancy 一邊喝著飲料一邊說。

「我們的贊助唷，至少都十萬起跳……」趙校長對著 Nancy 打開兩手手掌，比出了十的手勢。

「One hundred thousand！你搶錢啊？」Nancy 非常吃驚，重重放下手中的飲料。

「不貴啦！我們一雙釘鞋就要八千了咧！」趙校長繼續笑嘻嘻地說。

「八千！」Nancy 眼神一轉，突然恍然大悟地說：「等等！你說的十萬，是台幣唷？」

「不然還美金嗎？」

Nancy 呼出一大口氣，笑著說：「哈，是台幣啊！」

市郊一棟氣派的豪宅裡，寬敞的會客室有一座小型游泳池，旁邊是三溫暖設備、吧檯和撞球檯。圍著球檯正在打球的是烏米、博仔及 Bada 大仔。在吧檯後方泡茶的則是 River。

這棟宅子是 Bada 大仔的別墅，占地廣大；除了這棟豪華的房子之外，還有一個修剪得很整齊、裝飾著日式枯山水的庭院，更特別的是後院有一座棒球打擊練習場，什麼樣先進的設備都有，Bada 大仔不管多忙，每天一定會在那裡練習揮棒，活動活動筋骨。

對他而言，這也是一個緬懷的儀式，聽著木棒敲擊球心的清脆聲響，他總能看見自己那個年輕時未竟的夢想。

River用極為講究的手路，仔細地泡好茶之後，把茶端上來，招待博仔與烏米兩位客人。大夥剛聽博仔說了烏米今天在學校的遭遇，全都笑成一團，只有烏米笑不出來。除了一肚子鳥氣未消之外，他心中對於Bada大仔也充滿疑慮，小心地應對著。

Bada大仔示意River他想抽雪茄，River很快幫著遞上菸盒、點火。點著後，Bada大仔很有氣勢地吸了一口，再緩緩吐出煙霧。

「烏米，你講的那個太誇張啦！那兩個女的真的打起來？」Bada大仔帶著好奇的笑容。

「還有更誇張的咧！烏米說那個叫Nancy的，根本不是總統府的人！」博仔用誇張的語氣說，又把事情的始末鉅細靡遺全講了一遍。說完後，會客室裡充滿大笑聲。

「真的有夠誇張！這個Nancy，錢是多到無處花唷？」River說。

「趙校長這個人也沒分寸，什麼錢都敢收。再這樣亂搞，怎麼死的都不知道！」Bada大仔臉上浮現不屑的表情，又抽了一口雪茄。

「這個『軟絲仔』（Nancy的台語諧音）到底是誰呀，你以前的粉絲嗎？」博仔打趣說道。說完，他瞄準母球，用力擊出，結果球沒進洞。他露出惋惜的表情。

「我哪知呀？『軟絲仔』擺明是衝著我來的，我有點擔心呀……」烏米若有所思地說。

「擔心啥？你以前騎過她唷？」

「我……」聽了博仔的話，烏米認真地思索起來，一堆他年輕時玩過的女人在他腦海裡快速閃過，有些女人的面孔都已經模糊不清了。他深吸了一口氣，為自己的認真感到有點可笑，說：「沒啦，我很久沒亂來了，年齡不對呀！」

博仔繼續開玩笑說：「那你睡過她媽吼……噢！你當年沒戴套……」

「學長，麥勾亂啦！」烏米拍打著博仔的肩膀，大家又笑成一團。

這時，Bada大仔的手機響起，是白目仔打來的。他正在後院的打擊練習場，兩個小弟押著一個狼狽的兄弟進來。

「大仔，人抓到囉！」白目仔說。

Bada大仔掛上手機，示意一行人到後院去。博仔與烏米也跟著放下球桿，來到打擊練習場。這個地方他們兩人並不陌生，在那段與Bada大仔密切聯繫的日子，Bada大仔也多次請他們到這裡來陪著打球。

他們到達時，被架著的這位兄弟一見到Bada大仔馬上驚恐跪下。看到這個態勢，烏米皺著眉頭，和博仔對望了一眼。

「大仔……一切都是誤會啦！」男子用顫抖的聲音說。

「土虱，現在的帳都是電腦算的，你以為我看不懂唷？」Bada大仔冷笑著說。

「大仔，再給我一次機會，我……再也不敢啦！」

「我帶人沒什麼要求，就是求一個『聽話』而已……這算過分嗎？」說完，Bada大仔轉頭對烏米說：「烏米，你們以前的『佛力把定』（free batting，自由打擊練習），一次通常都打幾球呀？」

「沒多少，七、八十球吧……」烏米心中有著不祥的預感，刻意把球數壓低。

「白目仔，兩百！先打個兩百顆吧！」Bada大仔說完，往球道旁的椅子坐下，一副準備看表演似的，好整以暇地繼續抽雪茄。

「大仔，我知！」白目仔露出奸笑，示意兩個小弟把土虱架到球道，綁在柱子上。土虱拚命掙扎哀叫，烏米已經料到即將發生的事，緊皺眉頭，想說些什麼，但被博仔眼神制止。

練習球道上，土虱拚命抵抗，白目仔則站在發球機後方，準備發球。

「土虱，眼睛看球嘿！」白目仔說完便啟動發球機。

快速球從機器不斷投出！被球不斷打中的土虱，發出了慘絕人寰的叫聲。

Bada大仔一邊看著，一邊淡淡地說：「烏米，我聽趙校長講，說你提辭呈呀？」

烏米沒料到Bada大仔會有此一問，心中一驚，低頭不語。

「是安怎？我叫你先幹個兩年，怎麼一下就想閃啦？」Bada大仔語氣中帶著脅迫。

「沒啦……說真的，這些球員很有希望，我不希望他們毀在我手裡。」

「你用心點帶，球員怎麼會毀了咧？」

「大仔，我很久沒碰球了，怕壞了你的好事……」

「我哪有什麼好事？我老輝仔人，想看那些囡仔好好贏幾場球，甘有這困難？」

「要贏球還不容易？問題是……為什麼要贏？要怎麼贏？……贏了，以後咧？」突然，烏米把最近腦中的疑惑，一口氣問了出來。

「烏米……」一旁的博仔緊張得出聲，示意他冷靜一點。

「那你先贏了再說，」Bada大仔吐出煙霧，嚴肅地說，「我告訴你：對棒球認真，你就輸了，懂嗎？」

「大仔，烏米若真的無心，要不乾脆換個人……」一旁的River突然插話。

「恁一人一句講這麼多，都不會嘴乾啊？」Bada大仔這時也不耐煩了起來。場面氣氛緊繃，博仔趕緊跳出來打圓場。

「好啦好啦！嘴乾不會喝茶唷？喝茶、喝茶啦……」

烏米和River不再多說。眼前滿頭滿身都是血的土虱也不再慘叫，他已經昏了過去，剩下的是白目仔近乎瘋狂的大笑。看著這一切，令烏米更加憂心起來。

中午時分，青屯高中棒球場上，施工人員正在整理球場。外野的草皮已經重新種上，非常翠綠美麗；紅土也正在仔細整理，剔除石塊，重新鋪設。球員也有了像樣的休息區，新椅子散發出塑膠的氣味。

正值午餐時分，小悠幫大家送水、發便當。這時，巨型吊車將一個大型貨櫃屋從場外吊進球場，大夥交換驚訝的眼神。

「靠，『軟絲仔』玩真的唷？」Speedo一臉驚嘆地說。

運進來的貨櫃屋擺在球場邊緣，固定好以後，工人接上電，屋裡的電燈、冷氣、電腦等設備開始順暢運行。Nancy 指揮著工人，把她的一些資料、設備等搬進去安頓好。這會兒她正穿著清涼，在桌前翻著一本剪貼本；見到阿宗師進來貨櫃屋，Nancy 連忙把剪貼本放進大包包裡。她打開筆記型電腦，揮手叫阿宗師過來，兩人一起研究球場設計圖。

「你看這裡……休息區，還沒好……球場整地，完成……加強的紅土草皮，下星期一完工……阿宗師，你再幫我想想，還有什麼要加強的？」Nancy 指著電腦問。

「領隊，目前夠了……養一支球隊，要花很多錢的。」阿宗師有點憂心地說。

「錢的部分你不用擔心，我有得是。經營這個球隊的錢要和美國比，差得遠呢！」說完，Nancy 拿起望遠鏡，看著球場上正在練球的烏米和球員們。

「這幾天看你們練球，有盯真的有差，烏米好像變認真了。」Nancy 邊看邊點頭說。

「教練一直都很認真，你沒來之前他就是這樣了。」阿宗師肯定地說。

對於烏米來帶領球隊這件事，阿宗師打心裡贊成，他原本就很欣賞烏米的球技，為此感到相當高興。雖然烏米曾經捲入打假球風波，黯然退出棒球界，但對阿宗師來說，他當了這麼多年的里長，自己又在棒球圈待過，他理解這人世間的事絕對不是非黑即白；一個人在社會上闖蕩，會有太多的身不由己。

「他認真？那我們怎麼不會贏球？」Nancy 不以為然地問。

「領隊，你怎麼不自己問教練呢？」

「我才懶得問他……我不想和垃圾說話！」
「少年人彆彆扭扭，不知道在想什麼。」阿宗師忍不住笑了出來。
「阿宗師，他們練球都講日文，有空你教我好不好？」Nancy 認真問道。
阿宗師意有所指地說：「教日文當然沒問題，只是領隊，你要學的，還很多呢……」
「阿宗師，你是在說什麼？」
「你還太年輕，很多事……說到你懂，鬍鬚都打結啦！」
Nancy 聽了阿宗師的話很不以為然，對他扮了個鬼臉。

經過 Nancy 的整頓規畫，整個青屯棒球場幾乎已具有標準練習球場的水準。休息室裡球具一應俱全，整整齊齊擺在架上，一旁的籃子裡是好幾百顆貨真價實的新穎紅線球，而非小悠黏補的壞球。
自從休息室整理得美輪美奐之後，球員們在這裡停留的時間也愈來愈長。這會兒，Speedo、紅面、小鳳與小悠四個人正在打麻將，Mori 則坐在小悠身後看著。大家一面打，一面吃滷味。
「二筒夾去胡啦！」Speedo 不情願地說，一邊丟出一張牌。
這時紅面拿出一、三筒，喊了聲「吃」！同時，小鳳也喊了聲「槓」！

「敢槓學長中洞唷？小鳳，你好大膽！」小悠叫著。
「噢，學長拍謝……請用請用！」聽了小悠的話，小鳳趕緊把牌收了回去。
「是怎樣？喊槓就槓呀！小悠，人家剛來台灣，什麼都不懂，別教他這些五四三的。」Mori 替小鳳說話。
「Mori 學長，沒關係啦，這次來台灣，我什麼都想學。有句台語是這麼說的：『囝仔人有耳冇嘴。』這樣對嗎？」小鳳問。
「真熬真熬，出國比賽啦……」Speedo 嘲笑著說。
「我剛剛遇到領隊，她這時才下班，好像挺認真的……ㄟ，你們說，軟絲仔是要整頓球隊，還是想幹嘛？」小悠好奇地問大家。
「她看來不是壞人，搞不好這麼一鬧，我們球隊就變強了。」紅面說出自己的想法。
「球隊會一直輸，還不都是我的錯？」一旁的 Mori 低頭看著自己的手，悶悶地說。
「Mori，你在亂講什麼？」小悠想打斷 Mori 的自責。
「事實呀！輸的這三場，都是我丟得不好。」
「拜託！棒球又不是你一個人能贏、一個人能輸的；那個十八號丟個兩球手就痛，我們又不得分，叫王建民來也不會贏呀！」
「各位學長，小僧來了這麼久，也沒見過教練教過打擊，台灣棒球是這樣練的嗎？」小鳳插嘴問道。

Speedo 整個身體貼近桌面，語帶玄機地說：「你不懂啦，教練是有苦衷的……」

「他能有什麼苦衷？說來聽聽呀！」小悠不以為然。

Speedo 敲了敲桌上的牌，又露出招牌的吊兒郎當表情說：「你們不懂啦，大人的世界是很複雜的……紅面仔，我問你唷：如果我們一場都贏不了，你還會想打球嗎？」

紅面認真地想了想，說：「你看我長這樣，球技又那麼爛，能和大家一起打球，我已經很滿足了。」

Speedo 又轉頭問小悠：「小悠，我問你：為了贏球，讓你們家 Mori 的手臂被操爛，一輩子下雨時手就抬不起來，那你還想贏嗎？」

小悠也認真地想了想，最後勉強說：「那至少……也別一直輸嘛！」

Speedo 把面前的牌挪來挪去，一臉坦然地說：「我對輸贏是看得很開啦，只要能在場上跑來跑去、上壘後可以盜壘，我就爽了！其他的，想那麼多幹嘛？」

「但如果我們能贏，你不開心嗎？」紅面問。

Speedo 正色回答：「教練常說：要贏還不容易，問題是怎麼贏？還有，贏了以後咧？」

「不管怎麼說……我很想贏，但就是贏不了呀……」一旁的 Mori 仍垂頭喪氣。

這時，Speedo 手機響起，他接起手機，表情沉重：「……老爸，怎樣？……我和你說，錢的事不要找我，每個月給家裡的還不夠喔？……要借你自己去借啦，我誰都不認識啦！」

Speedo 氣到掛電話，牌桌上一片沉默。

Speedo看看大家，說：「ㄟ，槓了牌就算胡唷？……摸牌打牌啦！」

但眾人的心情似乎沉重了起來，打牌的動作也跟著慢了下來。

Nancy和阿樂兩個人坐在日式居酒屋裡，神情嚴肅地討論著。Nancy接手球隊之前，已經對青屯高中棒球隊做過很深入的調查，她發覺青屯這支球隊的隊員，至少陣中的主力選手，個個都小有來頭，雖然因為某種原因沒有去更頂尖的球隊，但是以這種實力來說，在練習賽中不斷輸球，鐵定有蹊蹺。網路上也出現各種消息與猜測，而Nancy早就知道，在網路上散播「青屯打假球」這個消息的人，是阿樂。

面對疑雲重重的球隊，Nancy決定從這些球員身上著手調查，看看是不是可以找出輸球的真正原因。更重要的是，她想知道烏米到底在做什麼？他是否真的仍繼續打放水球？如果真是這樣，她是不會放過他的。

這間居酒屋是紅面家經營的，紅面爸是日本人，標榜正統日本口味，料理分量十足，價錢公道，口味好，每天都座無虛席。這時，老闆，也就是紅面的爸爸，送上整桌的高級定食，分量足足比正常多了一倍。

「劉領隊，我們的招牌定食，看起來有點粗糙，您別介意耶！」紅面爸熱切地招呼著。

「Take it easy. It's okay!（不用擔心，很好啊。）」Nancy十分客氣，笑著回答。

「我們家小凱呀，就是少了一點自信。他所有的朋友都在球隊，所以請您要盡量提拔一下。我以前在日本也打棒球，高中三年級還打過甲子園，這一輩子呀，就是希望兒子能在球場上好好打球，所以球隊有什麼需要，我一定全力配合……」

紅面爸說出自己的心願，語氣有些感慨，卻又充滿期待。紅面能夠變成棒球選手，是他這個做老爸的最大心願。

「球隊呀，倒也沒什麼需要的。」Nancy 笑著揮揮手。

「那球隊還需要贊助嗎？下個月……下個月我再匯錢過去……」紅面爸比了個臂章的手勢，用不甚流利的中文暗示著說。過去他為了能讓紅面加入球隊，拿了不少錢「贊助」球隊，學生球衣背後最醒目的貼布就寫著「一番居酒屋」。

「以前你們校長，是這樣要錢的嗎？」Nancy 皺起眉頭，有些不悅地問。

「也不是啦……那我再去弄一杯やまいも（山藥）juice 給您，您人美又年輕，多喝山藥果汁就對了！」紅面爸有點尷尬地說，接著很快轉身，回到吧檯內準備。

紅面爸離開後，阿樂嚴肅地問 Nancy：「所以，你知道問題在哪裡嗎？」

「說實話，還不知道。」

「這還不簡單？教練他是在，打，假，球！」

「你有證據嗎？」

「這太明顯了呀！」

「我查過了，練習賽根本沒人開賭盤，教練他放什麼水？」

「練習賽……他也在練習放水嘛！領隊，一個人只要放過水，這輩子肯定就會再放……他這個人，沒救了啦！」

「可是看起來，球隊的問題不只教練吶。」

「問題要一個個解決嘛！你看：我們球隊什麼怪咖都收、也從來不練『佛力把定』，加上他投手調度有問題，明明Mori就投不好，一點信心都沒有，他還不讓小剛多投一點……這樣搞，我們是要怎麼贏球？」

「那，你希望我怎麼做？」

「我希望你換個教練！領隊，我都三年級了，真的好想再贏幾場球。你對棒球如果很有心，這一點還想不通嗎？」

聽了阿樂的陳述，Nancy不禁皺起眉頭，一時沒有回話。這時，紅面爸笑著端來一大杯的山藥果汁，Nancy一邊用力啜飲著，一邊開始漸漸體會到，這支球隊的問題，恐怕比她自己想的還要錯綜複雜，就像這杯山藥特調果汁，黏稠得攪不開。

為了繼續追查球隊內幕，Nancy找到Speedo打工的酒店。Speedo穿著少爺制服在門口抽菸，Nancy蹬著高跟鞋，依舊全身名牌，在夜晚的燈光下，原本就面容姣好的她，看起來更加可愛動人。酒店門口不時有客人進進出出，男人都對 Nancy 投以頗有興味的眼神，一位老客人甚至對 Speedo 說：「新小姐唷？是金魚還是木魚呀？」

「歹勢啦，這位不是店裡的小姐。對了，陳董，今天有新的小姐，我馬上幫你安排！」Speedo 陪笑著說。

老客人轉而調侃 Speedo：「你七仔喔？水喔！」Speedo 笑笑沒有否認。Nancy 則在客人身後咒罵著：「色老頭！」又比了一個瘋狗的手勢。

她繼續追問 Speedo，為什麼球隊老是輸球？

「贏球很重要嗎？球隊不贏球，我們就該死嗎？」Speedo 顯現出一種超齡的老成，要不是臉上殘存著一點稚氣，外人甚至會誤以為他比 Nancy 年長些。

「不想贏球，那你們幹嘛打球？」Nancy 不以為然地說。

「ㄟ，小姐此言差矣：除了贏球，棒球還有很多樂趣呀！就好像來酒店，有人是來打一炮，有人是來喝到茫，有人是來把妹妹，更有人只是來呼吸自由的空氣……Nancy，說到棒球，你還太淺啦！」Speedo 語帶玄機地回答。

「不懂你說些什麼。」

「像我呀，打球能當飯吃嗎？打工都來不及了……可是我就愛在外野跑來跑去，只要可以接球，我就爽了！對我來說，有球打是最重要的，其他的，還想那麼多幹嘛？」

「但如果能贏，你不開心嗎？」

「哎呀，你不懂啦！」Speedo把菸踩滅，嘻皮笑臉地說，「很多事，你小孩子不懂啦！」

「You idiot!（你白痴啊！）講話別裝老頭子！」Nancy有些氣惱。

「嘿，別看我年紀小，我很成熟咧！看你無聊管那麼多，心靈很空虛唷！」Speedo繼續露出無所謂的笑容，盯著Nancy的胸部說，「說真的，給不給把呀？」

Nancy給了Speedo一個大大的衛生眼，轉頭離開。她知道在Speedo身上是問不出什麼了。這陣子對球隊的追查，讓她陷入更深的謎團之中，也隱約感覺到一定有什麼她不知道的黑幕正在醞釀。她一定要查出來！

4

棒球哪有這麼簡單？

對棒球，你別太認真，否則，心會痛的……

市區高級住宅最頂樓的套房裡，玻璃窗外放眼望去是美麗的都市夜景，不時可以看到黑暗中發著光穿越而過的高鐵列車。天氣好的時候甚至可以看到很遠很遠的天邊，閃爍著不知是人造衛星還是飛機的亮點。

套房內全是可愛的高級家具，粉色與白色系的擺飾相互搭配，連桌上的電腦都是可愛的粉紅色，看得出來主人童心未泯。電視螢幕正在播放ＥＳＰＮ體育新聞，筆記型電腦則顯示著美國職棒的投注網站。這是Nancy在台中的落腳處，她以非常高昂的價格買下這間套房，每天有鐘點傭人負責打理，所費不貲，但Nancy一點也不心痛。

因為她什麼沒有，就只有錢多到花不完。

結束一天的奔走，Nancy正在浴室裡沖澡，突然覺得後腰有點發癢，伸手抓了抓，摸到皮膚淺淺的突起，心中有不祥的預感。她回頭照了照鏡子，發現一大塊的紅斑。「Shit!」她苦惱地罵了一聲。

沖完澡後，Nancy身穿浴袍走出浴室，從床頭小櫃取出一大包藥袋，毫不猶豫一口氣吞下一大堆藥丸，彷彿是家常便飯一般。

Nancy坐在電腦前，在投注網站下注了幾場比賽。沒多久，電視播報員報導費城人隊獲勝的消息，「Easy money!（賺得容易！）」Nancy一副意料中事地說。書桌旁邊的牆上貼著一張Mind Map（思維導圖），上面用各種圖畫把最近訪談的心得都填上去，周邊畫了一堆問號，其中一個問號是「Wanna lose?（想輸球？）」

她盯著這張圖，陷入沉思。

突然，電腦傳來Skype的呼叫鈴聲。Nancy心不甘情不願地打開視訊，出現在螢幕上的是Nancy的媽媽，她一臉不悅。

「大小姐，總算肯和我說話啦！」

「媽咪，我在忙啦……」

「你一聲不響走掉，這麼久不見人影，你知道我有多擔心嗎？」

「你看，我很好……別把我當小孩子啦！」

「告訴我，你人到底在哪？」

「Sorry, I can't……我有很重要的事情要做。」

「Nancy，我們早就約好了下星期看醫生，這才是重要的！」

「我有必要見醫生嗎？你安排我相親，都沒和人家說我有病呀！」

「你在鬧什麼脾氣？媽咪是為了你好才這麼做，你不知道嗎？」
「為了我好？我得了那種病，你一個字都不跟對方提，難道不算是詐欺嗎？」
「你胡說什麼……」
「我不想講了，反正我還不想回家啦！」
「My God, Nancy……你這孩子怎麼這麼任性呀？」
「你再逼我，我就永遠不回家了！」
Nancy把視訊關掉，氣呼呼盯著漆黑的螢幕，心想為什麼這世界全是騙子？
「騙子、騙子、騙子！」她怒吼著，把自己扔到床上，頭埋在柔軟的枕頭中，腦海裡閃過當年烏米親切的笑容，心中彷彿有個東西「啵」的一聲斷裂了。她的眼淚撲簌簌流下來，啜泣聲漸漸轉為嚎啕的悲泣……

大太陽底下，烏米帶著球員操練滾地球，左右丟球給球員接。一旁為Mori調整姿勢的是博仔。
沒錯，博仔也進入球隊了，擔任投手教練，烏米知道這是Bada大仔的安排，目的是要讓烏米確實完成贏球的指令。但看著博仔指導選手的那種專注神情，烏米似乎也看到博仔身上的棒球魂。

博仔拿起一顆球，為Mori示範滑球的投法，只見他輕鬆投出去，球穩穩地塞進負責蹲捕的練習生的手套裡，發出了非常大的撞擊聲；練習生受到球的強力震動，往後跌坐在地上。Mori被這顆球的威力嚇得說不出話來。

和Mori一樣，博仔很小的時候便在球場上嶄露頭角，犀利的投球讓他成為眾所矚目的明日之星。但卻因為教練的不當訓練，博仔全身上下都是傷，他們還曾給他取一個綽號，叫做「運動傷害博物館」，舉凡你能想得到的各種運動傷害，他幾乎都有過。

烏米一直認為，博仔在球場上的失意，與他後來願意和Bada大仔配合有很大的關係。烏米對博仔，一直是充滿同情的。

場上的球員全都專注地看著烏米。這一球阿樂向前傳回本壘，烏米拿著球棒把球向上猛擊，是個捕手上方的高飛球。紅面後退幾步，穩穩地完成接捕，烏米喊了聲：「休息十分鐘！」球員們全都邊擦汗邊往休息區走。

回到休息區，小鳳送了杯水給烏米，這時傳來突然一聲哨音，只見Nancy站在貨櫃屋門口，揮手示意烏米過去。烏米看到Nancy的舉動，心中相當不爽，但還是勉強走向貨櫃屋。

「在球場我們不吹哨子，那是叫狗用的。」烏米站在門口不耐煩地說。

「Whatever，進來，我有東西給你看。」Nancy對他招招手，示意他進去貨櫃屋。

烏米一進到貨櫃屋，立刻感受到一陣冷氣襲來。

「大姐，這麼熱的天還進冷氣房？不怕中暑嗎？」

「我都好聲好氣了，你現在是想怎樣？碎碎唸個不停。」Nancy 白了烏米一眼。

「我不想怎樣，是你想怎樣？明天聯賽就開始了，別亂了好不好？」烏米兩手抱胸，瞪著 Nancy。

「我覺得，我們球員素質不錯，你就別亂教了！這裡是美國高中棒球的 Coaching Manual（教練手冊），你可以拿回去看看。」Nancy 將裝訂精美的厚厚一本教練手冊拿給烏米，烏米翻了一下，發現裡面完全是英文，便把手冊丟還給她。

「謝了，不過台灣人和美國人體質不同，我們有我們的玩法。」

「拜託，都什麼年代了，你還在這裡土法煉鋼？人家都上太空了，你還在殺豬公，怪不得一場都贏不了！」

「是不是上了太空，就不用殺豬公了？」烏米吼了她一句。

烏米說完轉身離開，走了兩步又回頭撂下一句：「校長說了，今天開始，我們多了個投手教練，他沒和你講吧？」

烏米指了指休息區裡的博仔，Nancy 臉色難看，盯著烏米。

「他們到底要搞什麼？」Nancy 心中充滿疑惑。

經過一個多月密集的訓練，青屯高中棒球隊的打擊與投手群都有長足的進步。整個團隊的氣勢也不一樣了，不再是一群散兵游勇、各自為政的模樣，每個人的眼神有了為團體奮戰的亮光。

對上凱旋高中的比賽，是青屯高中驗收這陣子訓練成果的最佳機會。比賽前一天，烏米並沒有對他們進行什麼特別的訓練，只要他們回家好好睡覺，明天準時集合。

比賽當天風和日麗，是一個大晴天。台中體院棒球場入口處掛著一幅大大的「台灣青棒夏季聯賽——預賽」布條。博仔開著新車進入停車場，博仔和烏米下了車，把後車廂裡的球具袋拿下來。

烏米看著興致高昂的博仔，突然問：「學長，你為什麼回來教球？」

「很簡單：為了贏，也為了告訴全台灣的人，我們兄弟倆不是廢物！」博仔毫不遲疑地回答，彷彿這個問題早已經在他心中自問過千百回。

「學長，你想過嗎？這場如果贏了，那以後咧？」烏米心中仍懸著那塊大石，無法放下。

「想那麼多幹嘛？今天我們兄弟聯手，先贏一場再說！」博仔樂天地說，他就是有這種「時到時擔當」的性格，絕對不會把明天的事情拿來今天擔憂。他伸手要和烏米擊掌，烏米嘆了口氣，遲疑一下。

「懷疑呀？比賽開始了啦！」博仔催促著，作勢生氣運功，烏米有些敷衍地和他完成花式擊掌。博仔搭著烏米的肩，兩人一起走進球場。

在青屯的休息區裡，球員們已經做好準備，小悠正握著Mori的手為他加油打氣，Mori

則顯出些許擔憂，看著自己的指甲。

球場看台上觀眾不多，青屯這邊只有紅面爸坐在看台上，凱旋那邊倒是有大約十幾個看來挺開心的球迷。

開賽之前，烏米集合球員訓話。

「今天這場比賽，只有幾個重點：每個人的棒子，都給我握短一點，球往地上打，上壘後就看 sign（暗號），觸擊給我點確實，清楚了嗎？」烏米眼神銳利地盯著球員。他與阿樂目光相對時，阿樂給了他一個肯定的眼神。

「噢斯！」全體隊員回答。

「好，喊聲！」烏米拍拍手說。

「嗨啦，青屯！」全體隊員精神抖擻地喊著隊呼。

這時，超哥拿著先發名單，臉色有些不悅地走向烏米。

「你搞什麼？我們家小鳳，怎沒上首發名單？」超哥質問著。

「我們這場比賽要贏，你們家小鳳連西瓜都打不到，怎麼上場？」

「我們球員不上場，那我怎麼交差？」超哥有些氣急敗壞。

「你怎麼交差關我屁事？還有問題嗎？」烏米說完轉身走人，留下一臉錯愕的超哥。

牛棚裡，小剛與 Mori 正在熱身，博仔走上前去對小剛說：「一分給你，夠了嗎？」

「我是夠了，不知道 Mori 夠不夠。」小剛說完，又往練習生的手套擲出一顆強勁直球。

「今天 Mori 不上，你投完這場。」博仔說。

小剛一臉錯愕，停下投球動作，看著博仔說：「我只投六十球唷，教練，超過了我的手會痛。」

「麥假啦！手會痛是因為熱身不夠，多丟幾球就好了。今天你不痛一下，以後你也不用痛了。」博仔說完之後，示意小剛做上場的準備，便離開牛棚。

比賽終於開始，由凱旋先攻。凱旋是一所升學高中，學校重視的是學生的課業成績，雖然也組了棒球隊，不過就是讓學生玩玩，有個課外的休閒娛樂，並沒有很積極的訓練，也不願意讓棒球占用太多課餘時間，因此實力並不強，之前與青屯並列該區的墊底球隊。

青屯的先發投手小剛一上場威風八面，以三球三振了第一棒，接著讓第二棒擊出外野高飛球被接殺，第三棒內野滾地球也順利將跑者刺殺在一壘前，很快就結束一局上半。青屯休息區裡一陣歡聲雷動。看台上紅面爸高興得樂不可支。

接著輪到青屯進攻。第一棒 Speedo 靠著精準的選球獲得四壞球保送，緊接著紅面上場，烏米下達戰術、阿宗師打出暗號，Speedo 成功盜上二壘。接著紅面擺出短棒，觸擊成功，將 Speedo 推進到三壘，一出局。三棒許浩峰上場擊出一支外野高飛犧牲打，Speedo 輕鬆回本壘，青屯率先攻下第一分。休息區再次爆出歡呼，小鳳雖然沒上場，卻比任何人都還要激動，甚至看得眼眶泛淚。

第四棒阿樂上場之前，阿宗師看了看烏米，烏米搖搖頭，阿宗師示意阿樂任意打。阿樂有點心急，抓不到揮棒的節奏，很快被三振，結束這個半局。他又氣得摔球棒，被裁判警告了一次。

攻守交替時，烏米一個人坐在休息區，Nancy 走過來，一屁股往他旁邊的長凳坐下來，看著場上的球員，微笑著說：「不錯呀，好的開始！」

「他們是升學高中，連他們都打不贏，那還玩什麼？」烏米語帶嘲笑地說。

「你前幾場都沒下什麼戰術，怎麼今天這麼積極？」Nancy 試探問道。

「上壘、推進、往地上打，然後得分，棒球 ABC 呀！這哪算什麼戰術？不就是殺豬公咩！」烏米意有所指地說。Nancy 被他這麼一嗆，有點自討沒趣，也就不再搭話。

比賽持續進行，兩隊比數不斷拉開，青屯愈贏愈多，七局時已經來到了一比八。看台上，紅面爸每每在兒子上場打擊時熱情加油，超哥則不斷拿著相機幫小剛拍下英姿，好向他的金主交代。

七局下，青屯滿壘。輪到阿樂打擊，目前的球數是兩壞球沒有好球。阿宗師看了烏米後，對阿樂比了個「等一球」的暗號，這球果真是壞球，形成零好三壞。阿宗師又向阿樂下了一個「等一球」的暗號。

但阿樂卻在球來時大棒一揮，擊出了一支落在外野的清壘安打，比數一比十一，比賽提前結束。紅面爸興奮得大叫，彷彿自己正是擊出那支安打的人。但休息區內的烏米看到這個結果，不禁不悅地皺了皺眉。

比賽結束後，完投七局的小剛正在接受超哥的冰敷，但他滿臉不悅，抱怨著手痛。這時博仔正好走過來，超哥馬上站起來跟他理論。

「你這樣操球員，萬一受傷了怎麼辦？」超哥大吼。

「我是教練，我負責贏球，球員手臂壞了，你們要負責修好！」博仔不以為然地說。

「你以為我們是變形金剛啊？」超哥繼續怒吼著。

「在台灣，我們都是變形金剛。」博仔表情冷淡地說完，逕自收拾球具走了。

這時，Nancy 在休息區內對球員們宣布：「Well done guys, well done!（小子們，打得好！）今晚領隊請吃牛排！」

全隊聽到吃牛排不禁大聲歡呼，開心地收拾球具。烏米正在和阿宗師不知說些什麼，Nancy 跑來高興地說：「辛苦了，晚上就一起吃個飯吧！」

烏米望了 Nancy 一眼，沒回話，拎起球具袋離開了休息區。烏米一轉身，無意間看到 Bada 大仔遠遠坐在看台上，微笑向他拍手，臉上的笑意讓烏米的心情沉重了起來……

高級美式餐廳裡人聲鼎沸，在角落的預約席裡，阿宗師帶著五、六個低年級的球員一起來，再加上後來到達的Nancy，一行人已經等待多時，卻仍不見烏米與其他主力球員現身。Nancy不停看手錶，臉色愈來愈難看。服務生過來加汽水和果汁，這已經是第三趟了，他問了聲：「請問可以點餐了嗎？」

Nancy臭著臉，口氣非常差地回了句：「點什麼餐？人還沒齊咧！」

阿宗師拍拍Nancy的肩膀，搖搖頭說：「這些孩子都餓了，我們先點好了……」一旁的學生們低聲叫好，他們確實飢腸轆轆，因為時間早已經超過七點。服務生在阿宗師身邊開始介紹店內餐飲。

「我們有頂級的美國牛排，分量很大，配菜有薯條、沙拉跟義大利麵。飲料的部分推薦鮮釀啤酒，這是我們店裡的招牌喔！」

「他們都是高中生，怎麼可以喝酒？」聽到這裡，阿宗師責備著服務生。

服務生連忙道歉，改推銷果汁和飲料。Nancy胡亂翻著菜單，臉上充滿怒氣，彷彿隨時要爆發的火山。

餐點終於陸續上桌，學生們開心大口吃著豐盛的美式牛排，一旁的Nancy臉色愈來愈陰沉。她看了看手錶，突然大聲拍桌子，直盯著阿宗師質問：「阿宗師，你給我說清楚，這到底怎麼回事？」

阿宗師遲疑了一會兒，終於下定決心說：「今天有人請主力球員吃飯，我想……他們不會來了。」

Nancy一聽，終於火氣全爆發出來，扯開喉嚨大叫：「你怎麼不早說？請球員吃飯難道還要用搶的？瞧不起人唷，我是領隊耶！」

阿宗師想安撫Nancy，拍拍她的肩膀，示意她冷靜下來，語重心長地說：「領隊，請他們吃飯的那位，你惹不起啦！」

Nancy忍無可忍，突然大吼一聲，掏了一把千元大鈔往桌上一摔，逕自往餐廳外走，留下用餐中的小球員們面面相覷。

一輛高級廂型車緩緩駛入市郊Bada大仔豪宅前的車道上，在大門口停了下來。車門打開，下車的人是烏米、博仔、超哥和青屯的主力球員們。

門口有黑道小弟們排成兩行，彎著腰引導球員們進入宴會廳。穿著整齊的球員們左看右看，被這豪宅的氣勢與龐大的排場震懾住，只敢小聲竊竊私語。烏米一路上都面無表情。

一行人來到宴會廳門口，一旁的小弟緩緩打開大門，做出歡迎光臨的手勢，邀請眾人進去。宴會廳的主位已經坐著Bada大仔，旁邊依序是River與趙校長。博仔、烏米和這群主力球員很快也被安排入座。服務生開始上菜，用心幫所有人分菜，整個場合相當拘謹，球員們有些不知所措，趙校長卻是全然樂在其中，表情十足地唱起卡拉ＯＫ。

「七逃郎～郎～郎～因何你那塊怨嘆，冷暖的人生若眠夢，不免怨嘆七逃郎；你若是男子漢，不好擱在心茫茫，堅持信心甲希望，不通擱做七逃郎～郎～郎……」

趙校長載歌載舞，唱到最後一句還用手指著在場所有人。烏米與 River 的表情明顯不耐，Bada 大仔則捧場地用力拍手，中氣十足大喊：「うまい……うまい！（唱得好！）趙校長，你唱歌感情放這麼深，我眼淚都快流下來咧！」

趙校長滿臉酒意，十分陶醉地說：「沒，有，啦……是董仔不棄嫌……」接著他端起酒杯，對 Bada 大仔討好地說：「來來來，我們林董長期支持棒球運動發展，杯子拿起來，大家來敬董事長一杯！」球員們你看我、我看你遲疑著。對 Bada 大仔早已有所了解的 Speedo 知道，身在這種場合，乖乖配合才是最高指導原則，於是他果決地端起杯子，其他球員見狀也都跟著舉杯。趙校長一乾而盡，其他球員淺嚐杯中的烈酒，嗆得臉全都皺在一起。

Bada 大仔也拿起酒杯，對烏米讚許地說：「黃教練，今天贏得漂亮，來，我敬你！」烏米站起身，將杯中的酒一飲而盡，滿臉愁容地坐下。

Bada 大仔在球員中找尋到小剛，滿臉笑意地對他說：「今天丟得真水，看你丟球，整個人都爽起來咧，來，陪阿伯喝一杯！」端起酒杯示意小剛乾一杯。

小剛點點頭，但不會喝酒的他只小小嚐了一口。Bada 大仔見狀，不禁眉頭一皺，口氣不悅地說：「喂，你是在喝藥嗎？看你投球那麼有力，喝個酒怎麼像叫你自殺一樣？」

超哥正想出聲保護小剛，畢竟小剛可是他的金牛，但被 Speedo 擋下。他幫小剛把酒倒滿，自己先把酒乾了，向 Bada 大仔賠罪：「小剛是大陸來的，他不懂啦……來，我敬董仔一杯！」接著拍了拍小剛說：「小剛，恰有氣魄咧！」

情勢所逼，小剛不情願地把酒喝了。

Bada大仔被Speedo這些舉動逗樂，笑著對他說：「好！你這Speedo氣勢不錯，早上殺本壘那球，Nice kada（強肩）唷！」接著又舉起酒杯，對所有人說：「來來來，乾！」

Bada大仔一飲而盡，舉起空杯盯著全桌所有人，大家也只好把杯中的酒喝完。Bada大仔放下酒杯，才發現少了一個人，疑惑地問：「烏米，怎麼沒看到你們隊長？」

烏米解釋著：「黃議員不喜歡他兒子喝酒，所以沒讓他來。」

Bada大仔露出冷笑，用不屑的口吻說：「這種人說一套做一套，標準的臭卒仔。」接著又招呼大家：「來來，大家再喝一杯！」

酒過三巡，學生們大多都已經喝茫，一個個眼神呆滯，還有人不勝酒力地趴在桌上。已經有七、八分醉意的River拉著坐在旁邊的小鳳講話。

「真的假的，金鋒仔是你的偶像喔？告訴你啦，金鋒仔回台灣打出的全壘打，每一支我都在現場……這個打擊唷，就像砍人一樣，手腕一定要壓，bada頭（球棒頭）如果倒下去，連西瓜都打不到啦……」River從小喜歡棒球，儘管職棒歷經多次簽賭疑雲，他自己在Bada大仔身邊這麼多年也知道球隊的黑幕，卻仍然死忠支持，近乎偏執地維護一個殘破的夢想。

River比著比著，差點從椅子上倒下，被烏米一把拉住。

醉醺醺的Speedo則和博仔一起站在電視螢幕前，勾肩搭背大聲唱著卡拉ＯＫ。

博仔用走音的歌聲搞笑唱著：「別人的手臂仔，是框金又包銀，阮的手臂仔不值錢；別人呀若喊疼，是隨送病院，阮若是加哭爸，唸咪就吃自己~」

Speedo 笑著接唱：「怪阮的落土時，遇到歹八字，人是好命子，阮治在做兄弟，窗外的野鳥替阮啼~人在江湖，身不由己！」

「來賓請掌聲鼓勵鼓勵！」博仔拿著麥克風，歪歪斜斜地說。底下，大夥拍手高聲叫好，一片歡樂。

Bada 大仔幫超哥點了根菸，說：「這個棒球呀，是適合我們黃種人玩的運動，中國大陸市場那麼大，未來我進軍內地，尤其是培養小剛成為王牌投手，第一個就找你合作！」

「大哥，棒球這玩意兒我還搞不懂，你等我適應適應，再談合作好嗎？」超哥雖然不是很清楚 Bada 大仔的底細，但也知道他是惹不起的人物，小心回應著。

「超哥呀！我北京話不會講，有句話請你指點一下。」Bada 大仔說完，突然大力拍桌，露出凶狠的表情，大吼一聲：「敬酒不吃吃罰酒！是這樣說的嗎？」

這一拍，把超哥嚇了一大跳，手上的酒杯掉到地上，所有人也都被嚇醒了。但一瞬間，Bada 大仔的表情又回復和善，堆滿笑容地拍拍超哥，轉頭對趙校長說：「校長，我看這球隊真是不錯，我想再贊助一點，每人訂作一卡手套，你覺得怎樣？」

「Bada 桑一句話，哪有什麼問題？」趙校長聽到「贊助」兩個字，眼睛都亮了。

「嗯，錢明天我幫你匯進去，記得要買正牌的 Mizuno（美津濃）呀。」Bada 大仔意有所指地說。

趙校長尷尬笑笑，又拍馬屁說：「Bada桑想得真是周到！」然後轉頭對烏米說：「烏教練，多虧Bada桑特別請了博仔幫忙，真是如虎添翼，我們就這樣連勝下去吧！」

烏米低頭喝酒，悶悶地回應：「是呀，大家歡喜就好啦！」

此時，校長的手機響起，他聽了聽，把電話交給烏米。烏米一邊聽電話，眉頭緊緊皺起。掛上電話後，他向Bada大仔解釋有事要先離開，便起身告辭。校長連忙解釋剛才電話的內容，Bada大仔聽著聽著笑了起來，笑容裡含藏著另一種盤算。

Nancy臭著一張臉坐在沙發上，對面則是阿樂和阿樂爸，議員黃利達。阿樂家的客廳相當氣派，牆上有一大塊匾額，上面寫著「原民之光」，一旁還掛著一張阿樂爸穿原住民服飾和馬總統的合照。

阿樂爸對阿樂說：「報警了沒？」

「報警？是要抓誰呀？」Nancy有一股準備拚命的狠勁。一離開美式餐廳，她馬上拿著阿樂家的地址飛奔而至，因為阿宗師告訴她，除了阿樂之外，大家都去了另一個神祕的飯局。她想從阿樂與身為球隊後援會會長的阿樂爸身上，問出更多的內幕。

「老爸，她是我們領隊啦！我已經打給校長了。」阿樂對爸爸說。Nancy突然跑來，又是一陣劈里啪啦狂罵，搞得他不知如何是好。

「喂，我問你，剛才有人把球員都找去吃飯，那個人是誰？」Nancy 瞪著阿樂爸說。

「領隊，你的事我都聽校長說了；你對棒球熱心，我替學生謝謝你……」阿樂爸當了多年的議員，打起官腔相當熟練。

但 Nancy 不讓他轉移話題，繼續追問：「我是在問你呀！誰把球隊主力找去吃飯？」

「小姐，做事別那麼衝動，對你沒有好處的。」阿樂爸淡淡地說。

「我做事從來不衝動！今天找學生去吃飯的，是不是教練說的『後面的大妹（大尾）』？」Nancy 操著不標準的台語說。

「我不懂你說什麼妹。」阿樂爸不願回應 Nancy 的問題，拿起桌上的茶杯啜飲一口。

「虧你還是後援會會長，我從來沒在球場看過你！好呀，你不管事，我來管！告訴我，背後是誰和校長一起黑錢，我來解決他！」

「我們球隊一切都很好，從來沒有不法的事端，你說話要負責任！」阿樂爸用手指著 Nancy，斬釘截鐵地說。

Nancy 眼見問不出個所以然，轉而追問阿樂：「隊長，你倒是出個聲呀！你之前和我說過什麼，通通說給你爸聽呀！」

阿樂低著頭，沉默不語。

阿樂爸倒是冷笑著答腔：「我雖然是後援會會長，但那並不表示我喜歡棒球，更不代表我喜歡兒子打棒球。這個社會有它運作的規矩，今天你可以贊助球隊，別人也行，大家都是合法支持棒球，你憑什麼解決別人？」

Nancy突然發狂似地大吼：「我看你們一個個都有問題，怎麼沒人敢出來面對！」

這時電鈴響起，黃利達示意阿樂去開門。

「Damn it，要是你不給我一個答案，我今天不走了！」

「省省吧領隊，棒球這種事，大家配合政府演戲罷了，幹嘛那麼認真？」阿樂爸雙手一攤，輕蔑地說。

這時，阿樂爸看見烏米從門外走進來，立刻喊他：「教練，你們領隊精神不太對，麻煩處理一下好嗎？」

「議員，真是不好意思。我了解領隊的心情，您大人有大量，別跟她計較啦！」烏米看著沙發上的Nancy，一臉無奈。

「不是計不計較的問題，這女人像瘋狗一樣亂咬，一下說校長貪污，一下又說球隊背後有黑道介入，教練，這女人有病啊！」阿樂爸抱怨著。

烏米看了看氣呼呼的Nancy，又看看滿臉愁容的阿樂，突然說道：「議員，摸摸自己的良心，領隊說的有錯嗎？這社會有病的人多了，說不定……你就是一個！」

烏米出乎意料的回答激怒了阿樂爸。「你在說什麼？再講一次試看看！」

烏米沒理他，拉起Nancy的手說：「領隊，走啦！」

Nancy 愣了一會，但也沒反抗，就這麼被烏米帶走了。

走出阿樂家大門，來到烏米停放機車的地方。烏米遞給 Nancy 一頂安全帽，Nancy 看了一眼烏米，把帽子戴好，跨上機車，雙手抓著機車的後座。烏米催動油門，車子疾駛而去。

他們在圓滿劇場旁的便利商店停下來，烏米進去買了些啤酒。出來時，卻發現 Nancy 已經不見人影。烏米進了劇場，那是個設備完善的戶外表演空間，Nancy 一個人對著劇場舞台發呆。舞台上有兩個默劇演員正在排演戲碼。

烏米鬆了一口氣，拿了罐啤酒給 Nancy，自己也開了一罐，一口氣喝光。兩人沒說話，沉默了一會兒。

「領隊，我先替球隊謝謝你。你剛才講的話，我想說出口已經很久了，不過我是卒仔，沒勇氣開口。」

烏米看著身旁的 Nancy，真誠地說出自己心裡的感受。這些日子以來，他看到 Nancy 的執著，一方面覺得她傻，一方面又佩服她的勇敢。有時他也不禁想，自己當年要是有這樣的果敢，或許不會落到今日的地步。

Nancy 遲疑地看著烏米，吞下一口酒，挑釁地說：「所以，你也覺得我做得對囉？」

「有些人就是要當面讓他們難看，只是我……還做不到。」烏米頗有感慨地說。

「我今天都示範給你看了，以後你要再碰到，就會做了嗎？」Nancy 的語氣仍充滿挑釁。

「我……說真的，像你這種人如果再多一點，台灣的棒球界就有希望了。」烏米不願正面回應。

「這句話你以前也講過，你忘了對不對？」Nancy 盯著舞台，神情有點哀傷。

「我的人生是一團爛帳，很多事……我根本不想記起來。」Nancy 的話讓烏米愣了一下，喪氣地說。

「反正你這個人說話就是 bullshit，答應過的事，什麼時候記得了？」Nancy 突然又氣憤起來。

「領隊，看在今天贏球的分上，別鬧了好不好？」烏米向她求饒。

「我沒鬧呀！老實說，我只是想從你身上，得到一個答案……」Nancy 的大眼瞪著烏米。

「什麼？」烏米疑惑地看著她。

「我要知道，你為什麼背叛棒球？為什麼放水？」Nancy 的眼神充滿憤怒、失望與悲傷。

「你對我這種態度，因為你是我的球迷，是嗎？」烏米感受到這種熟悉的眼光，那夜夜到他攤子前去嘲弄他、質問他甚至崩潰痛哭的那些球迷，他們的眼中都有這樣複雜的情感，每每讓烏米感到慚愧。

「我不只是你的球迷，你還救過我一命！」

「你這話……什麼意思？」烏米對這件事完全沒有印象。

「沒什麼意思……你忘了我沒關係，可是你明知球隊有問題，為什麼不解決？」Nancy 又把話題拉回球隊。

「球隊有問題又不是我一個人的責任，有些事，我使不上力啦！」烏米一臉無奈，又乾了一大口啤酒。

「什麼叫使不上力？烏米，我們一起努力，一起解決好不好？」Nancy 態度軟化下來，鼓勵著烏米。

「跟你說吧，今天你亂發飆，還能平安回來，那是運氣好，改天如果遇到別人，你有幾條命能丟呀？」烏米腦中閃過練習場裡滿身是血的土虱，憂心地說。

「不然你說，球隊的問題到底是什麼，你說得出，我就能解決！」

「對棒球，你別太認真；太認真，你的心會愈痛的……」烏米盯著舞台，嘆了一口氣。

「你的良心被狗啃啦？連這種話也說得出口？好，你不敢管事對吧？黃清海，You are fired！（你被開除了！）明天起，球隊我來帶！」Nancy 突然暴跳如雷，大吼著。說完，把啤酒罐往地下一砸，隨即走人。

看著 Nancy 愈走愈遠的背影，烏米表情木然，並沒有追上去。他悶得又開了一罐啤酒。舞台上的演員打扮得像是洋娃娃，緩慢移動著。這時，烏米的腦海中響起 Nancy 的那句話：「我不只是你的球迷，你還救過我一命！」隨即一個熟悉的場景、一個臉上有著紅斑的女孩閃過他的腦海。

可是那畫面太模糊，烏米想要再記起什麼，腦中卻空空地抓不到任何東西。

這時，舞台上的戲碼突然有了變化，一直受到控制的舞者幾個迴旋過後，甩開了束縛，重獲自由。

烏米看著台上的演員，表情愈來愈痛苦；可能是今晚喝太多了，想要再思考些什麼卻使不上勁。他坐回觀眾席，繼續喝著啤酒，遠遠地看著他不懂的默劇表演……夜，逐漸深了。

5

Homerun Sign

我只想知道，我這輩子……還有沒有得救！

一箱箱印有「Mizuno」字樣的紙箱，擺放在球員休息區裡。球員們興高采烈地開箱，拿出全新的球具：打擊手套、打擊頭盔、氣墊釘鞋、萊卡布料練習緊身衣、滑壘強化球褲一應俱全，每個球員還有了自己全新的裝備袋。高級木棒總共三十支，捕手護具也準備了三套；不僅如此，標準比賽用的紅線球更來了二十打。

另一邊，阿宗師陪著老師傅一一幫學生量著手型。訂作手套一般要一個月的時間才能交貨，但老師傅保證，兩星期就能讓學生拿到全新的硬式手套，學生的名字還會繡在球擋上；這是Bada大仔的特別交代，要做，就把事情做到好。

球員們開心得不得了，彷彿換上了這套球具，他們便成了日本職棒、美國職棒裡的英雄人物；球技怎樣再說啦，反正，至少架勢十足嘛！只是他們不知道，出錢搞定這套新球具的人，其實不是那神氣巴拉的新領隊，而是另一個更希望他們贏球的神祕贊助者……

烏米走進球場，看到休息區裡興奮的騷動，眉頭便皺了起來。他沒有立場多說什麼，只是一臉憂心忡忡，隨口問了在球場邊抽菸的博仔。
「賢拜，怎麼沒看到領隊？」烏米邊說邊盯著場邊的貨櫃屋。
「咦，你昨晚不是帶她走了嗎？……你們沒爽一下唷？」博仔聽到烏米的問話，嘻皮笑臉、意有所指地反問，似乎還多想知道一些細節。
「賢拜，別開這種玩笑啦！」烏米正色說。
博仔自覺無趣，一旁的阿宗師則開了口。「對了，領隊早上打了電話，說她以後要自己教球，」阿宗師有點憂心又有些困惑地說，「教練，你昨晚幹了什麼？」
烏米聽了阿宗師的話，眉頭皺得更緊，若有所思的說：「也許，我該幹的都沒幹吧……」
說完，他往自己的腦袋搥了一下，接著拍拍手，大聲喊：「隊長，集合！」
所有球員在烏米面前列隊站好，除了得到新球具的喜悅之外，隊上還瀰漫著第一次贏球的興奮氣氛。但烏米的臉上沒有一絲喜悅，他板著一張臉對全體隊員訓話。
「昨天我們贏球，沒什麼了不起的。西苑對他們，五局提前結束，二十六比零！重點不在於贏了多少，而是我們隊型有沒有打出來。」
他面向阿樂：「隊長，昨天最後一球，阿宗師打的是什麼暗號？」
聽到烏米的問話，阿樂低頭不語。沒聽到阿樂的回應，烏米走到阿樂面前，依序摸帽子、耳朵、胸口、右肩、拍三下手，把暗號又比了一次。
「這什麼意思？」烏米語氣中帶著怒意。

「叫我站著看。」阿樂低聲回答，有點心虛。

「叫你懶叭夾著啦，看不懂喔？……啊你在打三小？」烏米突然間對著阿樂大吼。

年輕氣盛的阿樂不甘示弱，也大聲回話：「可是我打出去啦！那是 homerun course 吶！」

「你是在應啥？教練在講話，啊你是咧應啥？」一旁的博仔看到阿樂回嘴，立刻大聲幫著教訓；開什麼玩笑，時代變了嗎？教練訓話學生還回嘴，要是當年，教練一巴掌就揮過去了！接下來學長跟著一陣拳打腳踢外加半夜體能訓練，每個球隊的學生都知道，教練講話的時候是不能回嘴的！

球場有球場的常識，這就叫做倫理！

被博仔一吼，阿樂低頭不語。全隊沒人敢出聲，憂心地看著教練，剛才的喜悅立刻煙消雲散。

「要真的是 homerun course，我會打 homerun sign（打全壘打的暗號）啦！」烏米一邊說著，一邊滿臉怒氣地比著暗號，「homerun sign 沒教過唷？看清楚啦！」

烏米的 homerun sign 分為兩段，前半段是左手在頭和左肩連拍三下，最後是向胯下一摸；剛比完前半段暗號，一段回憶毫無預警地閃過烏米的腦子。

是她……是她嗎？

多年前，在那個充滿小女孩玩偶的房間裡，他也做著同樣的暗號，彷彿還能聽見女孩開心的笑聲……是嗎？是她嗎？烏米被自己的記憶嚇到，卻又不能確定。他的表情瞬間凍結，大半天沒說話，隊員們都滿臉疑惑。

突然，烏米回過神，對全體隊員低聲說：「全部都有，球場二十圈……」說完，又像是想起什麼似的補了一句：「今天不練了！」說完，轉身朝貨櫃屋走去。

球員們正準備跑步，全都一臉疑惑地看著烏米的背影。阿宗師與博仔看出烏米的不對勁，但也摸不著頭緒，只好接手帶著隊員，喊聲開始跑步訓練。

烏米一把推開沒上鎖的貨櫃屋。沒有開空調的空間裡，被白天炙熱的太陽曬得熱氣滾滾，就像烏米此刻焦急的心情。他急著想印證自己那模糊的回憶。

Nancy桌上全是一些英文的球隊管理手冊和美國職棒期刊，足見她為了帶領這支球隊，真的花了許多功夫仔細鑽研。烏米在桌上、櫃子裡東翻西翻，想找到一些蛛絲馬跡。

放在桌旁地上有一個粉紅色大包包，烏米從裡面取出一個剪貼本。剪貼本看起來有點歷史，封面的紙張有些黃斑，但重新包上了保護的塑膠膜。烏米拿起來翻了翻，翻得愈多，他的表情愈沉重。

剪貼本裡全是當年有關烏米的剪報，每張剪報都用彩色筆與色紙做了裝飾，旁邊還寫著「好棒！讚！GO！」等加油字眼。翻了幾頁，開始出現他打放水球的新聞，但從那裡開始便沒有美術裝飾了。在剪貼本的最後，烏米發現一張照片，是年輕時候的自己和一名女童在病床前的合照，照片旁邊還貼著一張手寫的卡片，那是烏米的字跡，上面寫著：

忠誠：要永遠相信，棒球會給你力量！……烏米，一九九七這張照片和卡片看得出來都曾被撕碎，之後再拼貼起來。

烏米緊緊盯著這張合照，內心百感交集，不覺間自言自語了起來：「是你呀！」他癱坐在Nancy桌前的椅子上，陷入了深深的回憶……

那是十五年前的一間病房裡。

當年的烏米是家喻戶曉的棒球明星，在奧運棒球項目兩次對上日本的比賽中，烏米都擊出了勝利打點，讓中華隊兩次抗日成功；那是在中日棒球對決史上絕無僅有的光榮紀錄。而真正將烏米推向事業高峰的，則是他在職棒海豹隊的火熱表現。那時候職棒剛剛成立沒幾年，全國一片瘋棒球的熱潮，特別是在烏米帶領下，海豹隊擁有廣大的球迷，烏米不僅是隊上不動的第四棒，也確實不負眾望，屢屢在重要時刻建功，帶領球隊獲得勝利。

一時之間廣告代言、公益活動蜂擁而至，每次上場都獲得球迷英雄式的歡呼。那時的烏米享受著快速竄升的名氣、輕鬆獲得的金錢、不斷自己送上門來的女人，多麼的意氣風發！

到病房探病的行程，也是球隊公關所安排。用這些公益活動為烏米累積正面形象，是身為一個棒球明星的必要工作，前輩們都是這樣做的。他依稀記得，那是一間頗為高級的兒童綜合醫院，與他平時去的一般醫院不同，有著高雅的設備與裝潢，連醫護人員與病患要求合照時，儘管興奮卻都相當節制、有禮。

這天要探望的病童，據說正好是她的生日。球隊公關捧出一個蛋糕、點上蠟燭，烏米示意要攝影師與公關留在門外，他捧著蛋糕和一個球隊的小海豹吉祥物玩偶，一面唱生日快樂歌，一面走向房門；不料，走近沒兩步，病房裡竟傳來一個小女孩歇斯底里、近乎瘋狂的吼叫聲：「走啦！叫他走啦！」

烏米感覺到一絲詭異的氣氛：叫我走？為什麼？這是他從事公益活動以來，從來不曾遇到的事。烏米推開病房門，那是一間高級單人病房，裡面有個氣質高雅的女人，正哄著病床上的小女孩；而那個女孩，看到烏米進入病房，馬上轉過頭去，用被子蓋住自己的臉，一邊雙腳亂踢，同時對著女人大聲尖叫嘶吼：「媽咪！你叫他走啦！……我好醜，我不好看，你叫他走啦！」

吼了沒兩句，小女孩突然不出聲了，然後，烏米只聽到她抽抽噎噎地哭了起來。看到這個場景，烏米滿頭霧水；氣質高雅的女人馬上遞給烏米一個抱歉的眼神，同時雙手合十表情誠懇，不出聲的嘴形看得出她一直懇求著：「不好意思，不好意思……是我沒教好……」

烏米示意她沒關係。他把蛋糕放在床頭，把小海豹玩偶擋在自己臉前，就這樣靜靜地坐了下來。沒多久，女孩的哭聲停了，她偷偷轉過頭來，從蓋著臉的被子細縫偷偷往烏米那裡看了一眼，和小海豹玩偶打了個照面。她看到烏米還在，馬上又把頭埋進被子裡，發瘋似地尖叫起來。

烏米皺起眉頭，對小孩的媽媽做了個很吵的手勢，小孩的母親慚愧地低下頭，兩行眼淚也掉了下來。不過，烏米拍了拍小孩媽媽的肩膀，在唇邊比了個噤聲的手勢，接著，他怪聲怪調地裝起小海豹講話的聲音：「呼呼呼，呼呼呼……小海豹呼叫！小海豹呼叫！」

聽到這聲音，小女孩的尖叫聲停了，烏米馬上追加一句：「呼呼呼，呼呼呼……小美女，你要是很醜，周慧敏不是得跳樓啦？」聽到這話，女孩突然在被子裡笑出聲。她轉過頭來，露出淚眼汪汪的大眼睛看著烏米。這是烏米和那個女孩第一次四目相交，而女孩，臉上有著大片腫起、突出的可怕紅斑。

和女孩的媽媽聊著聊著，烏米才知道，這個年紀大約十二、三歲、長相清秀的女孩，罹患了紅斑性狼瘡，從此脫離不了藥包。這種疾病只要控制得宜，並不會危害到生命，但也無法根治，並且伴隨有各種大大小小的併發症；只要太過勞累或者曝曬過多的紫外線，最明顯的就是冒出大片的紅斑，如同此刻的她。

沒多久，小海豹攻勢成功地打開女孩的心防，她在床上抱著烏米送的玩偶，學著烏米呼呼呼的叫聲開心玩著。Nancy，她的媽媽輕聲告訴烏米，這是女孩的名字。

烏米在給 Nancy 的生日卡上振筆疾書。Nancy 媽媽餵著她吃蛋糕，眼神裡有著欣慰的眼淚，她從未看過 Nancy 的臉上出現這樣快樂的表情。

「小美女，生日快樂！」烏米說著，將寫好的卡片遞給小 Nancy。她接過卡片，看到上面寫著：「忠誠：要永遠相信，棒球會給你力量！……烏米，一九九七」

Nancy 請媽媽把剪貼本拿過來，小心翼翼地把卡片夾進剪貼本裡。烏米瞥見本子裡有自己獲得最有價值球員的剪報。

「小美女，今天是你生日，你可以要一個禮物！」

「真的嗎?你要送我什麼?」Nancy 一面吃著蛋糕，一面挑著眉問。

「當然是真的……你說得出來，我就送給你。」烏米逗著她說。

「那……」Nancy 的大眼睛轉了轉，「……我要你的奧運銀牌！」

聽到這話，Nancy 媽吃了一驚！她連忙拍了一下 Nancy，用眼神責怪自己的女兒怎麼那麼沒有禮貌。烏米沒想到女孩會開這個口，表情僵了一下，但馬上笑了出來。

「奧運銀牌呀，那可不行！那是我練了二十年球，每天累得像狗一樣才拿到的；你如果要，就快點把病養好，等你長大……我想想看，大約二〇〇八年左右，你來當國家隊的領隊，那你自己就會有一塊了。說不定還是金牌咧！銀牌?銀牌有什麼了不起?」

小 Nancy 聽到這話，認真地想了想，還比了比手指心算了起來。不過，算了算，她聲音沮喪地說：「二〇〇八……還有十一年，我的病，不知道會不會好……」

烏米聽到這話，突然覺得不妥，連忙補了句：「不對不對，我算錯了……二十四歲當領隊，好像太年輕了！不然我們來約二〇一二年，到時你二十八歲，你來當我的領隊，就這麼決定了！」

Nancy 又認真地想了想，突然她說：「好呀，我們來約：二〇一二年，我來當你的領隊！……那麼，你現在……可以先教我看暗號嗎?」

「暗號?這可不行，那是球隊的最高機密耶！」烏米看到小 Nancy 認真的態度，覺得好笑，故作拒絕逗著她。

「這也不行，那也不行……你神氣的咧，不教拉倒！」小 Nancy 賭氣地躲進被窩。

烏米看到小 Nancy 的舉動，覺得實在太有趣了，他把小 Nancy 從被子裡拉了出來。

「好啦好啦！那你不可以告訴別人唷！我等下教你的，如果傳出去，哼哼，我會……」烏米比了個割喉的手勢，「知道了嗎？」

笑了，小 Nancy 從被子裡露出慧黠的眼睛，笑了。

「先教你最基本的：比如摸臉是盜壘，摸胸是觸擊，摸手臂是打帶跑，這樣清楚嗎？我比給你看。」烏米在身上亂比一通，最後摸了臉一下。

「這代表什麼？」烏米問。

「盜壘！」小 Nancy 大叫

「了不起……可是這太簡單了，所以要加一個開關的動作。」烏米解釋摸了帽子表示「開」，摸了鼻子表示「關」。

「一套暗號裡，只有『開』的下一個動作才算，但如果又比了『關』，那整套暗號就取消，清楚嗎？」

「好難唷！」小 Nancy 嘟起嘴抱怨著。

「很難才是最高機密呀！來，我比給你看。」烏米又亂比了一堆，最後摸了鼻子。

「我知道！取消！」小 Nancy 舉起手說。

「聰明！我再比一個唷！」烏米的左手在頭和左肩連拍三下，接著往胯下一摸，最後拍了拍手。

「你摸那裡，我看不懂啦！」小 Nancy 大聲抗議！

「告訴你，那是 homerun sign，如果教練要我全力揮棒、球來就打，他就會摸那裡！」烏米故作神祕，低聲對小 Nancy 說。

「你很色耶，哪有這樣的啦！」小 Nancy 說完，大家都笑成一團。

「好啦！我的小球迷，你這麼聰明，二○一二，就這麼說定了！你來當我的領隊吧！」烏米摸摸小 Nancy 的頭。

「這是你說的唷！」小 Nancy 認真地看著烏米。

「你看，我的眼睛閃閃發亮，對吧？我不會騙你的！騙你的話，我就是垃圾！小美女，像你這種人如果再多一點，台灣棒球就有希望了。」

烏米摸了摸小 Nancy 的臉頰，小 Nancy 兩眼痴痴地看著烏米，眼神充滿崇拜，也充滿對未來的希望。

小 Nancy 那雙閃閃發亮的眼睛彷彿還盯著他，烏米全都想起來了，真的就是她，十五年前那個滿臉紅斑的小女孩，真的來當他的領隊了！而他自己……現在是什麼樣子？這麼多年過去了，Nancy 一路追隨著摯愛的棒球，經歷挫折，依然不退縮。而自己卻早已背棄了棒球。看著剪貼本裡自己寫下的「忠誠」兩個字，烏米只覺得心揪得好痛。

烏米問阿宗師Nancy到底在哪，阿宗師說領隊好像去打擊練習場了；烏米跨上機車，心事重重地往打擊練習場奔去：他想對那個小女孩解釋自己的一切，可是，風聲呼呼，他的腦子什麼都想不出來。

打擊練習場裡，「鏘！鏘！鏘！」鋁棒敲擊棒球的聲音此起彼落。球場正中央的一個打擊區裡，Nancy正在練習打擊，面對著接續飛來的棒球，她不斷用力揮棒，卻連揮了好幾個空棒，沒有一球打得到。

她沮喪又氣惱，一邊看著iPad網路上示範的標準打擊動作影片：Load（舉棒）、Step（踏步）、Launch（啟動揮棒）、Contact（擊球）、Extend（揮棒動作延伸）、Extend Again（再延伸）。簡簡單單六個動作，怎麼就是打不到球？

她一面比畫著揮棒姿勢，每一次揮棒，嘴裡都唸著六個步驟；隨著不斷揮空，她的聲音也愈來愈大。

突然，Nancy停下動作，她發現右邊的打擊區裡突然多了個人……那是比著暗號的烏米。烏米以左手在頭和左肩連拍三下，接著往胯下一摸，最後拍了拍手。

「Homerun sign……你想起來了？」Nancy汗流浹背，有點意外地看著烏米。

「沒想到，你真的成了我的領隊。」烏米表情複雜地看著Nancy。

「沒想到，你會背叛棒球。」Nancy說完，轉頭面對一個強勁的直球，用生澀的動作大力一揮，又是一次揮空。

烏米深深吸了口氣，對著看起來有點頹喪的 Nancy 說：「對不起……」

「Sorry for what?（為什麼道歉？）」Nancy 突然抬起頭來，對烏米回了一句。

烏米聽得懂英文。只不過，這個簡單的問句，烏米卻沒有辦法給她答案……他嘆了口氣，低著頭，默不作聲。

Nancy 表情挑釁，等烏米回答。她看著烏米的表情，等不到一個答案，一個連她自己也不知道烏米該怎麼回答的答案。沒多久，Nancy 的心中燒起一把無名火，對著烏米吼叫：「黃清海，我說過了，you are fired！從今天起，你別想碰我的球隊！」

說完，她發狂似地咬著牙，繼續更猛力揮棒，完全不理會場外的烏米；或許是淚水迷濛了雙眼吧，她還是……一球都揮不到。

電視裡傳來頒獎典禮的慶祝音樂聲，主播興奮播報著，獲得「最佳十人外野手獎」的是兄弟象隊的周思齊。這是體育台的晚間節目，而這頒獎典禮，已經重播了好多次。

周思齊原本是米迪亞暴龍隊的球星，但因暴龍隊捲入職棒簽賭之「黑米事件」，遭到中華職棒除名。周思齊轉到兄弟象隊之後，憑藉著實力，拿下了最佳十人的獎項。他在致詞時沒有過多的喜悅，甚至充滿感傷，拿著小抄，語帶哽咽唸出他的感言：

感謝媒體朋友在這時候給我這座獎項，對我是很大的肯定和鼓勵。從小棒球就是我的最愛，能進入職棒圈也是我夢想的實現。

在職棒生涯的每一天，我都抱持著一份盡心盡力的心情，來面對我最愛的工作。也因此當很多的時候，外在條件，不能選擇、也很難控制，但我一直告訴自己、堅持自己，不管環境如何，每場的比賽，我都是全力以赴……

烏米與博仔看著這段畫面，雖然已經看過了很多次，但各自的心情其實還很複雜。簽賭事件是他們都不願提起的事，但這麼多年過去了，職棒簽賭卻從來沒有消失過，每隔一段時間就會在新聞事件中出現新的球員、新的組頭。一個又一個年輕的棒球夢、無可限量的棒球生命，在黑金、暴力脅迫中，不斷不斷地毀滅；而失望的棒球迷，慢慢的，一個又一個，離開了他們曾經最愛的棒球場。

而現在，有個曾經失望的瘋狂球迷，依照小時候的約定來到了球場，可是烏米卻不知道要怎麼面對她。

烏米連續喝了幾口啤酒，心情很沉重。博仔首先打破沉默。

「你這麼認真幹嘛？發瘋的球迷，你又不是沒遇過。」

烏米已經把 Nancy 的來歷，以及她和自己的關係，全對博仔說明了。

「她不一樣……Nancy說，我救過她的命……」烏米心煩意亂地又灌了幾口啤酒。

「救什麼命？日頭赤燄燄，隨人顧性命啦！現在這種處境，你又不是不知道。這球隊不是你的、也不是軟絲仔的，是Bada大仔的！她說開除就開除唷？叫她去找Bada大仔喬呀！」博仔不以為然地說。

「賢拜，我這輩子除了棒球，什麼都不會……賣個雞排難吃得要死，連我的狗Power都不想咬，而且數學不好，錢常常算錯……我的人生，為什麼會變成這樣？」烏米不理博仔，自顧自說著。

這確實是烏米心中最沉痛的困惑。為什麼看似無可限量的人生，一夕之間變成這樣？無數個夜晚，他輾轉難眠，想起過去的每個環節，就像修理工人一樣，想要找出最關鍵的壞掉的地方，幻想著只要修理妥當、糊上補土，一切都會正常運作，完好如初。但無論怎麼想，他的人生早就已經偏離軌道了。棒球到底是什麼？他自己真的熱愛棒球嗎？這時的烏米，甚至想不通棒球對他的人生到底是什麼意義。

而烏米說的一番話，又何嘗不是博仔不斷自問的？

博仔打棒球的歷史比烏米長，他很小的時候便在球場上嶄露頭角，是天才型的投手，彷彿生來就為了站上投手丘。他身材高大，就和他的球威一樣令人感到巨人般的壓迫；他永遠充滿自信，彷彿不識失敗為何物，而這一切，都讓他一出手就成為眾所矚目的明日之星。

美國人常說，一個棒球天才投手，擁有上帝親吻過的手臂；這句話如果套用在博仔身上，他的手臂就是玉皇大帝捏出來的。

小時候的博仔有個稱號叫做「百八」，不是因為他身高有一八〇公分，也不是因為球速高達一百八十公里，而是因為他曾經在青棒的國手選拔賽中主投十六局，用了一百八十球；對方派出四個投手輪番上陣，博仔卻獨自一人撐完全場，為球隊取得勝利。從此以後，人人都叫他「百八」。

這樣不當地使用手臂，就算是媽祖婆給的手臂也會有用壞的一天。博仔不到三十歲便全身上下都是傷，歷經多次開刀，投球的實力也大不如前。經歷過幾場失敗的戰役之後，博仔從天才球星變成負責處理敗戰的投手，臉上的光芒也不見了；媒體報導與球迷都毫不留情地批評他，說他光環不再，說他的球連蕭煌奇都打得到。只要比賽時看到他上場，大家便笑說他又要帶汽油桶上來救援了。

博仔最失意的時候，卻正好是烏米大放異彩的時候，甚至博仔能加入職棒海豹隊，並獲得以他的實力來說是過於優渥的合約，都是因為烏米的大力推薦。

而此刻，他們都同時失去了光環，掉入了地獄，只能掙扎求生。

「變這樣就這樣呀，不然呢？」

面對烏米的問題，博仔只能無奈地回答。對博仔來說，棒球算什麼？他曾經為了棒球、為了國家的榮譽、為了觀眾的期待那樣努力過，但當他受到挫折，棒球又給了他什麼？那球，反而讓他又滑一跤，讓他跌得更重。

突然，烏米大聲吼了出來：「我想要好好教球啦！……我不要那些孩子和我們一樣，一輩子被罵垃圾、被人看不起啦！」

吼完，烏米的眼睛充滿血絲，狠狠盯著博仔，彷彿要從學長的眼中得到一絲肯定。博仔看著烏米，皺起眉頭，突然也大聲吼了回去：「對啦！我們只是球員、一輩子只會打球……那你管那麼多幹嘛？台灣棒球會變這樣，是我一個人害的嗎？是你烏米一個人害的嗎？要負責的，應該是上面的人，我們盡人事就好了，幹嘛自己找死呀！」

烏米緊緊盯著博仔，沒有說話，彷彿在問：不是你害的嗎？今天我們的遭遇，難道真的無可避免嗎？烏米愈看，博仔愈覺得有點心虛，表情也逐漸軟化；他走向廁所，試圖避開烏米的視線，語氣也溫和了起來。

「烏米，賢拜是為了你好。過去是賢拜對不起你，相信賢拜，我不會再讓你受傷了！」他對客廳喊著。

「賢拜……我一輩子沒求你什麼，就這一次，你聽我的好嗎？」烏米近乎哀求地對廁所喊著。

博仔為難又無奈地小便，不再理會烏米。啤酒喝太多了，小便聲滴滴答答地響個不停，他心中卻突然浮現國中時期練球的情景……

烏米說得沒錯，他們倆情同手足，小時候都是他罩烏米。還記得當年，兩人剛進青少棒國家代表隊，練習時極為嚴苛，只要一個失誤，就要自己識相地到旁邊去伏地挺身。那時，身手矯健的博仔是隊長，很少被處罰，但即使被處罰，也總是很能忍。

而剛加入球隊的烏米脆弱許多，在一次接內野滾地球的訓練中，教練連續打了兩個不同方向的強襲球，烏米好不容易用身體擋下一球，可是第二球還是從胯下穿越；教練揮了揮手，示意烏米過去，他快跑到教練面前，才剛脫帽，冷不防被教練踢了屁股。

「跑那麼慢，屁股底又有縫，你查某人啊？」教練不假辭色地大罵。

小烏米被踢倒在地，勉強起身：「教練，我……我好像抽筋了……」

教練沒聽他講完，突然伸手又是一個巴掌。

「你是咧應啥？教練講話，你應嘴應舌是咧應啥？」

小烏米的眼淚在眼眶裡打轉，終究沒有掉下來。休息時，烏米和博仔兩人獨自坐在球場一隅，烏米在博仔身邊才終於卸下心防，哭得非常傷心，博仔則幫他舒緩小腿的抽筋。

「嗚……賢拜……我無愛打啦……無愛打了啦……」烏米抽噎著說。

「白痴唷？教練講話你回什麼嘴啦？……哎唷，國手沒那麼好當的啦，不操用力點，將來你扛國旗，扛到腿軟怎麼辦？」小博仔其實很氣這個學弟，老是幫自己找麻煩。

「……可是教練，教練他太過分了啦！」

「那你爭氣一點，改天等你當了教練，記得不要這樣啦！」

「嗚……賢拜……」烏米盯著博仔的眼睛，說，「我……我……」

博仔伸手打了烏米的頭，笑著說：「看，看三小？賢拜講話，想要應啥？來，看我的天山雪蓮！」博仔在手上吐了口口水，然後整個抹在烏米的腿上。小烏米氣得大叫，拿球丟博仔，兩人在場邊追打、笑鬧。烏米的身體和心理，就是這樣一點一滴強壯起來的……

那你爭氣一點，改天等你當了教練，記得不要這樣啦！

博仔想起當年講過的這話。其實他也不知道，當年他們口中期許自己「不要這樣」的教練，到底是怎樣的教練？總之，應該不是像現在自己這樣的教練吧？可惡，這泡尿，怎麼又臭又多，一直尿不完呢？

第二天下午，烏米一靠近球場大門，就看見護網上貼了一張粉紅色告示，上面用很醜的字體大大寫著：「黃清海 & Dog, Keep Out of the Field!」

烏米看了一眼，眉頭一皺，伸手把紙撕下，摺了摺放進口袋。他背著球具袋，直直往貨櫃屋走去。

在貨櫃屋內，Nancy 比畫著揮棒姿勢，阿宗師在一旁幫忙調整。烏米敲敲門，和 Nancy 互望一眼，逕自走進屋內。

「英文看不懂唷？黃清海和狗不准進來！」Nancy 冷淡地說。

烏米拿出撕下的公告展開來，對 Nancy 說道：「我是黃清海，你是瘋狗……你能進球場，為什麼我不行？」

阿宗師嗅到一股不尋常的氣氛，識相地說：「你們慢慢聊，我先去忙！」然後把球棒交給 Nancy，趕緊離去。

烏米脫下帽子，Nancy 才發現他理了個更短的平頭，但還是表現出不在乎的樣子。

「你的剪貼本裡面還少了一個收藏……」烏米從包包裡拿出一個小絨布盒子，低聲說道，「當年你向我要的。我如果幫你補齊，你肯讓我繼續教球嗎？」

烏米打開小盒子，裡頭是九二年的奧運銀牌。

「我拿到它的時候，眼睛裡應該還閃著亮光吧？送給你，分量夠了嗎？」

「你到底想幹嘛？」看著那塊銀牌，Nancy 心中有些激動，但又裝作滿不在乎的樣子。

「沒想幹嘛，我只是想要弄清楚，這一輩子，我到底還有沒有救……」

烏米終於把心裡的話說出來了。Nancy 神情疑惑，伸手摸了摸奧運銀牌。

「原本我以為，只要輸球，Bada 大仔就會放過這些孩子。可是他這次是玩真的，就像他當年對我一樣。」

「對你一樣？什麼意思？」Nancy 狐疑地問。

「我和 Bada 大仔的淵源很深，一時也說不清楚；我只能說，他只要出手，很少有球員可以躲得掉；我賢拜來當投手教練，是 Bada 大仔對我不放心……」

「你賢拜，他是壞人嗎？」Nancy 盯著烏米，質問著。

「真要說的話，賢拜只是個可憐人……為了贏球，賢拜從小整身都是傷，到最後手臂廢了，什麼利用價值都沒了，是棒球對不起他。」
「有黑道在贊助球隊，我們不能報警嗎？」
「報警有什麼用？況且現在，Bada和你一樣，就只是贊助球隊而已，又沒做什麼犯法的事。」烏米無奈笑著。
「不犯法的黑道……Bada到底想幹嘛？」
「豬要肥了才能宰，球隊要強才能放水呀！所以我不想讓球隊贏球，這樣，你了解嗎？」
「球隊強了，以後就會被逼著放水；球隊一直輸，對球員又不公平。這個黑道現在沒犯法……shit，我們找殺手幹掉Bada好不好？」Nancy認真想了想，突然提出詭異的建議，就像她小時候一樣。
「電影看太多啦，領隊！不過你別擔心，我敢回來找你，自然有我的打算。現在，我可以繼續教球了嗎？」
Nancy想了想，突然間，她促狹地說：「那你求我呀！求我，或許我就考慮……」
「好呀，看暗號！」烏米開始亂比一通，最後比了個瘋狗的動作，Nancy的招牌動作。
「你白痴呀！」Nancy忍不住笑出來。
「你是瘋狗咩，不這樣比，你哪看得懂呀？」
烏米說完，背起球具袋走出貨櫃屋，不理Nancy就向著球員休息區走去。他心裡其實非常清楚，他能不能繼續教球，問題根本不在Nancy同不同意，而是他自己同不同意。

Nancy看著烏米的背影，再低頭打開那個絨布盒子，撫摸著這塊貨真價實的奧運銀牌，沉甸甸的就像烏米的心意。Nancy心中閃過一絲異樣的感覺，除了感動，更多了一些悸動。

烏米走出貨櫃屋，球員們三三兩兩在休息區裡喝水、休息。超哥在休息區旁打手機，烏米放下球具袋時，正好聽見他說的話。

「……Bada大哥，不是我不給面子，是我對棒球真的不懂……不然這樣，你要栽培小剛，改天我請他自己登門拜訪……」

超哥轉頭看到烏米，有點驚訝，隨即警覺地說：「大哥，我燒的水滾了，先去關火，晚點和你打電話！」說完立即掛斷手機。

烏米看著超哥，表情相當嚴肅。「給你一個建議：和Bada大仔扯上關係，不會有好下場的。」

「教練，這您就別操心了。我這次來台灣，沒打算扯什麼亂子，什麼大哥二哥的，我壓根沒想接觸。」超哥打著馬虎眼。

「剛才我聽到，你要讓小剛去找Bada大仔？」

「和你們之前一樣，禮貌性拜訪罷了。」

「現在不同了……」烏米想了想說，「我不會再讓學生和黑道有什麼接觸了。」

「教練，您過去的豐功偉業，多少我有耳聞……現在您講這些，清白的程度不比曾志偉高呀！」超哥笑得輕蔑，意有所指地說。

「給我一點時間，你會相信的。」烏米說完轉身就走；超哥乾笑了一聲，拿出菸點著。

而Nancy在貨櫃屋裡，把這一切全看在眼裡。她心中想著：「我不需要你的道歉，我要的是再次看到你眼中閃閃發亮的光芒！現在我的人生一團混亂，我需要棒球……或許，也需要你，再次給我力量！」

突然間，她感覺自己後腰的紅斑疼痛了一下，而那斑，原本是不會痛的……

6

集訓的最後一課

以前我們那個年代，打球有很多很糟糕的事。

我希望，那不會再發生在你們身上……

青屯高中附近的土地公廟前，烏米、Nancy、博仔還有阿宗師帶著全體球員脫帽站好。供桌上擺著豐盛的供品，阿宗師站在隊伍前方，手裡捧著手套與球棒，誠心向土地公祈求平安，然後將球具在香爐上繞三圈、再拜一拜，完成祝禱儀式。這間土地公廟是附近地區最負盛名的廟宇，據說非常靈驗、有求必應。身為里長的阿宗師，特別在比賽前請教練帶全隊來這裡祈福，反正不管如何，有拜總是有保庇。

經歷了與Nancy的衝突、認出她就是當年那個小女孩之後，烏米整個人脫胎換骨，充滿幹勁，好像重新拾回對於棒球的熱情。他決心帶好球隊，好好培養這群充滿潛力的孩子。

「忠誠」、「永遠相信棒球」這幾句話時時在他腦中縈繞，他要將這樣的棒球精神傳遞給年輕球員，讓他們體會棒球的意義，以及在球場上馳騁的快樂。至於Bada大仔的威脅，他也像是準備豁出去似的，決定先不去想。

拜完土地公之後，烏米對全體球員大聲訓話：「昨天以前，我把你們當寶貝，操也不敢操、訓也不敢訓，聽說，有人很不滿意唷？」

球員們都看向阿樂，阿樂則仰望天空，避開大家的眼神。烏米走向阿樂，把臉貼近阿樂的臉，這個十八歲的隊長身形十分高大，幾乎和烏米一樣高了；他盯著阿樂的眼睛，繼續大聲說：「從今天開始，我打算加強訓練，目標是拿下聯賽的冠軍，沒信心的現在就舉手退隊，有人要退隊嗎？」

烏米環顧球員，大家靜默不語。

阿樂看看沒人出聲，於是大喊：「沒有！」

烏米看了看球員，說道：「好，大家去燒紙！」全體球員喊聲之後，全跑向金爐邊，開始動手燒金紙，只有隊長阿樂一臉猶豫，站在一旁。

「隊長，怎麼不去燒紙？」烏米問。

「教練，我信基督教的，不能拿香。」阿樂倒也誠實。

烏米點了點頭，表示理解。

「隊長，以後帶球隊，你的責任很重，所以我對你會比較嚴格，不會因為你老爸就特別放水，挺得住嗎？」

「噢斯！」阿樂應著，眼神閃爍著堅毅的光芒。

「那你現在去給我燒紙，耶穌和隊友，你選哪邊？」烏米問。

阿樂想了想，點點頭，也拿起金紙燒了起來。Speedo 看到隊長來了，讓出位置給他，拍了拍他的屁股。突然，其中一個爐衝出大火，Speedo 開心地大叫：「發爐了！發爐了！」

「好兆頭！好兆頭！」阿宗師也笑得合不攏嘴。全體球員開心大叫，烏米與 Nancy 相視，露出了會心的微笑。

從這天開始，烏米果然照著他所宣示的，開始認真扎實地訓練球員，要求每一個基本動作確實到位，每天擬定不同的訓練方針。

這一天，訓練的項目是盜壘。

球員們在一壘側準備盜壘，投手小剛、Mori 輪流進行假牽制。輪到全隊最快腿 Speedo 時，他輕輕鬆鬆滑上二壘，還比了個「太輕鬆了！」的手勢。

烏米再把 Speedo 從二壘叫回來，進行幾次牽制，Speedo 都安全回壘。這時，站在一壘旁邊的烏米突然講話：「Speedo，你向機車借款借五萬，月息四分，但你車子還要騎，所以月息變九分，你分四個月才還，一共要付多少利息？」

「啥……？」聽了烏米突如其來的這番話，Speedo 一頭霧水。

這時小剛突然一個牽制，Speedo 回壘不及，被觸殺在一壘前。烏米把球一丟，對球員語帶玄機地說：「記住，心裡只要想著錢，棒球就絕對打不好，知道了嗎？」

儘管不明白烏米這番話到底指的是什麼意思，全體球員仍然大聲應著：「噢斯！」然而，Speedo 的表情突然嚴肅起來，他知道烏米說的就是他、指的就是那件事。原來教練已經知道了。

幾天前，Speedo 在場邊與博仔竊竊私語，被烏米看見了。烏米當下不動聲色，但過了幾天的某個晚上，與博仔一起喝酒時隨口問了，博仔坦言是 Speedo 請他幫忙向 Bada 大仔借錢，而且金額還不低，是博仔也借不起的。烏米一聽，立刻臉色大變，他知道一旦向 Bada 借錢，等於是向鬼討藥單，比高利貸還恐怖。

「我能怎麼辦？Speedo 說他老母的期貨快斷頭了，整天吵著鬧自殺，我如果不幫他，他搞不好會去搶呀！」博仔無奈地說。

「和 Bada 大仔扯上錢，這輩子就難脫身了……你又不是沒有經驗……」烏米對博仔有些不諒解。

「怪我囉？不然咧，不然你說該怎麼辦？」博仔反駁。

烏米嘆了口氣，喝一口啤酒說：「算了，借都借了，不然要怎麼辦？」

「我看你對那些孩子是認真的，這樣好嗎？」博仔看著烏米，有點憂心。

烏米白了博仔一眼，虧他說：「你不也是嗎？」

博仔笑著搖了搖頭，說：「幹，那兩個孩子的 stuff（控球）真是不錯，不輸以前的我。要是讓我再好好教幾年，幹，殺去大聯盟都沒問題。」

博仔與烏米在這群球員身上看見昔日的自己，對他們充滿疼惜、充滿希望。但一想到Bada大仔，忍不住對他們的前途有些憂心。

青屯高中的投捕手群站成一排，共四投手兩捕手，乖乖聽博仔訓話。這陣子感受到烏米的衝勁，博仔在投手訓練上也特別投入。

「球速這種東西，就像女人胸部大小一樣，只能用來炫耀，其實是沒什麼大用的。你能投到時速一三五公里，教練就要你投到一四〇；你投到一四〇，教練會逼你投到一四五……等你投到一四五，手臂差不多也廢了！你們知不知道我的外號為什麼叫博仔？」

博仔停了停，捲起袖子，露出開過刀的手肘與肩膀，繼續說：「因為我是運動傷害博物館呀！Tommy John手術（手肘尺骨附屬韌帶重建手術）、半月軟骨斷裂、關節唇撕裂、疲勞性骨折，連阿奇里斯腱我都斷過！」聽到博仔口中的這些「豐功偉業」，球員們忍不住睜大眼睛，驚訝得下巴都要掉下來。

接著，博仔要Mori用手指把球夾好，博仔也用同樣的指法夾住一顆球，兩人較勁，而博仔一下就把球搶了過去。

「根本就夾不緊，練什麼指叉球？你滑球不錯，怎麼不把它練好？」

事實上，博仔早就看出來，Mori老是投著他自己不擅長的球路，可是極具球威的滑球卻用得很省。

「我的滑球不好啦，重要時刻都丟不進去。」Mori面有難色地說。

「聽說你在國手選拔的時候曾經丟到人。是怎樣？這樣就不敢丟囉？」

「滿壘觸身球，我們就輸那一分，」Mori深吸一口氣，像是在辯解，「我練指叉球，至少不會丟到人呀！」

「笨蛋，投手哪有不丟到人的？內角是你老婆的胯下，你一寸都不能讓別人碰的！告訴你，當投手只怕兩件事：一是丟不到人，二是丟到人而他們痛都不痛！內角球投得好，滑球才能保護你的外角。如果你還想當投手，就要多點殺氣！」博仔教訓著Mori。

「教練，殺氣要怎麼練呀？」Mori一臉委屈地問。

「從丟人開始呀！」博仔左右看了看，對著休息區的小悠喊：「小悠，你過來！」

小悠突然被博仔叫進場，有點莫名其妙地跑來，認真聽博仔指示。

「以後Mori練滑球，就往你身上丟，等他連丟到你都不怕了，我再教他新的東西。」小悠看看面有難色的Mori，似懂非懂地點點頭。

博仔決定給Mori對症下藥，而且要下一帖猛藥。他很清楚，只有這樣做，個性軟弱的Mori才有可能在球場上重振雄威。

而另一邊，正在進行的是打擊訓練。紅面正在幫小鳳餵球，卻看到超哥在場邊對小鳳招手。小鳳不情願地跑過去。

「表哥，幹啥呢？隊長叫集合呢！」小鳳說。

「隊長是你爹啊？」超哥隔著鐵絲網抽著菸說，「我訂了後天的機票，咱一起走。」

「表哥，怎回事呢？這麼突然！」

「你別以為手裡拿了棒子，你就不是你了……」超哥語氣嚴肅地說，「你棒球打得跟羽毛球似的，能上得了場嗎？」

超哥又吸了一口菸，勸著小鳳說：「反正我錢已經賺夠了，你也過癮了，咱們回去一起玩去吧！」

「我跟大家已經一起努力那麼久了，就算上不了場比賽，我也要留下來，跟大家並肩作戰。」一向聽話的小鳳，突然出口頂撞表哥。

「別跟我廢話，我說一起走就一起走！我和舅媽說了，團進團出，我帶你來，就帶你走！」超哥強硬了起來。

「來，拿去！」小鳳也不甘示弱，從口袋裡拿出一串木製的佛珠，透過鐵絲網遞給超哥，「拿給我爸我媽，跟他們報個平安。」

小鳳說完轉頭就走，接著想起什麼似的，又回頭指著超哥說：「對了，少抽菸，球場上抽菸，沒禮貌！」

「小鳳，你給我回來！」超哥氣急敗壞地大喊，小鳳則頭也不回愈跑愈遠。

回到場上以後，小鳳和紅面繼續進行打擊練習。儘管被超哥搞得有點心神不寧，但小鳳很快就打起精神來。烏米在旁邊指導他們兩人，小鳳打得不好，還是很認真地打擊，喊叫聲音也很有精神。打完幾球後，烏米喊了停，把小鳳叫來。

「手伸出來。」

小鳳不好意思地伸出手，烏米看了看他的手心，發現有透氣膠帶貼的傷口痕跡。

「手挺嫩的嘛……每晚揮棒揮多少下？」烏米問。

「報告教練，小僧揮得不夠，以後我會更加精進，不會讓教練失望的。」小鳳笑嘻嘻地說。他是真心喜歡棒球，而自小在僧院裡所受的訓練，讓他很能吃苦。

「要是你未來都沒上場機會，還會想練嗎？」烏米問

小鳳搔了搔頭。剛才表哥對他說的話，其實他老早就想過。

「教練，能不能上場，小僧有自知之明啦……不過，所謂諸法空相，無智亦無得，雖然我沒上場機會、但我終究已經在場上，有緣和大家一起打球，棒球的法喜充滿，小僧還不滿足嗎？」

小鳳的這番「自我開示」，讓烏米略為吃驚。

「哇靠，棒球這麼深奧呀？」

「是，棒球很深奧的。」小鳳肯定地點點頭。

「加油，會有機會的！」烏米指指旁邊的T台，「大師，那先去打T吧！」

小鳳雙手抱拳，恭敬地說：「報告收到！」接著迅速拎著球棒，跑向T台。T台是把球

放在固定的軟管上，讓打擊姿勢走樣的打者調整擊球點。

小鳳走開後，由烏米餵球給紅面打網子，可是紅面也一直打不好。經過最近幾個月的苦練，紅面的球技進步不少，但相較於其他有底子的球員，實力上還是相差甚多，只比小鳳好一些些。

突然，紅面放下球棒說道：「教練，我想退隊……」

「你怎麼啦？」聽到紅面突如其來的宣言，烏米有些驚訝。

「他們都當過國手，我連球都打不好，很怕拖累大家……」紅面的眼眶已經充滿淚水。

烏米指指正在T台認真練習的小鳳，對紅面說：「連他都能打了，你不能打？」

「那不一樣啦！我爸以前打過甲子園，至少……我要能打全壘打吧？」

「要打全壘打，是你能決定的嗎？」烏米在紅面的胸口捶了一拳，眼神堅定地瞪著他。

「我叫你漫斗（觸擊），你就得給我點下去！聽好，能讓投手投一場好球，你才是英雄！我告訴你，沒你臉上的準星，投手要怎麼投好球？」

聽了烏米的話，紅面若有所思，摸了摸臉上的胎記。烏米拍拍他的肩膀，示意再來練幾球，紅面握緊球棒，一球一球扎實地打，心中那塊一直卡住的壘包，似乎正在慢慢崩解……

棒球訓練的每一項都相當費時費力，選手們必須非常穩定而確實地練習，等到上了場就能看出實力。個別練習之後，就是場上的綜合守備訓練；每一球都由教練下達戰術與戰況，由學弟負責跑壘，一切當成正式比賽來模擬。

烏米把球打成中外野前方的一個飛球，外野手Speedo接球後，三壘跑者準備要衝本壘，Speedo把球長傳回本壘想要刺殺跑壘者，可是球投得太高，直接命中本壘後方的護網。

「球給我傳平的！平的！你丟到火星去，人家要怎麼刺殺啊？」

烏米大怒地吼著Speedo，接著又轉頭看看一壘的跑壘員和投手，繼續罵：「跑者是昏了嗎？球傳丟了，怎麼不衝三壘？投手咧，要補位呀！這麼混，你們是沒吃飽喔？」

球員被罵過之後，個個回到守備位置，重新打起精神來，繼續訓練。這次烏米打出一個短打，投手小剛趕緊下丘接球，快速傳給三壘手阿樂，原以為可以順利把跑者觸殺在三壘前，但阿樂並沒接到球，讓球直接飛越自己的頭頂。

小剛看到這一幕，氣得摔手套。而烏米看到小剛的反應更是大怒，叫大家停止練習，集合聽訓。烏米對小剛的自我保護與傲慢態度早就有所不滿，雖然小剛確實有很好的實力，但在球隊中，這種態度會影響團隊士氣。烏米想藉此好好調整小剛的態度。

「小剛，你摔什麼手套？」烏米氣沖沖地問。

小剛狠狠地瞪著阿樂，背對著教練，氣憤地說：「大家拚了命練習，有人就是不認真，白天就看流星，以為自己是道明寺呀？」

「那是我叫他放掉的，不爽嗎？」烏米拿起球棒，朝小剛的背後用力頂過去，小剛隨手抓起球棒，滿臉怒氣和烏米對峙！

烏米突然一腳踢向小剛，小剛沒想到教練會動粗，一個沒注意，跌坐在地上。球員們都露出驚訝的表情。

「你三振一個打者，一般要花幾球？」烏米問。

「五到七球。」小剛坐在紅土上，抬起下巴，驕傲地說。

「你一場只投六十球，能三振多少個？」烏米又問。

「以前投過十二個。」小剛仍然很高傲。

「你不拚命投，野手是不會拚命幫你守的，到時候，六十球連兩局都投不完，別說大聯盟，連主婦聯盟都打不了！」

小剛看著烏米，絲毫不為所動，臉上的傲氣沒有消失。不過突然間，烏米表情一變，微笑著說：「不過小剛哥，我聽說您父親的口袋挺深的，不如這樣，您請父親打些錢到我卡上，這球隊就歸您管了，您要阿樂爬就爬，叫他滾就滾，喜歡的話，叫小悠守三壘也行，反正您出錢，您是老闆嘛！」

此話一出，全隊都笑了。小剛坐在地上，只覺得自己糗斃了。其實烏米教練說得沒錯，他進球隊以來，從來沒和大家打成一片，自己不用力投，隊友為什麼要幫自己守備？他紅著臉，一句話都說不出來，可是 Speedo 還不放過他。

「是呀，小剛哥，您打點錢到我卡上，我也可以守三壘，同時呀，絕對不會看流星！」

隊友們聽到這話，笑得更大聲了。

小剛的表情一陣扭曲，低聲罵道：「一群傻B……」

沒想到，阿樂突然向他伸出手，說道：「沒有我們這群傻B，你上得了場嗎？」

小剛抬頭看了看阿樂，這時小鳳突然接話，憂心忡忡地說：「小剛學長，你就和我們這群傻B一起練嘛！你別再牛了，再牛下去，又要全部都有、球場二十圈了……」

小剛聽到這話，先看了看烏米，又看看伸出手的阿樂，暗暗罵了聲操，不滿地說：「來台灣什麼都沒學到，就學了個球場二十圈……」他往地上吐了口口水，拉著阿樂的手站了起來，說了聲：「坑爹呀！」

他罵這聲，自己也笑了出來；全體隊員你一言我一語學著「坑爹呀！」小剛也和大家打鬧成一團。這一秒起，小剛終於學著和大家打成一片，真正成為青屯高中棒球隊的一分子。

青屯高中棒球隊，不僅實力每天每天在進步，全隊的感情與凝聚力更是與日俱增。總是在球場邊抽著菸的超哥，慢慢看到整個球隊和小剛、小鳳的轉變，終於，他也熄掉手上的菸，學著和台灣人一起尊重這塊球場，學著尊重棒球這種在大陸沒人看的運動了。

這天練習過後，全體球員全身痠痛，都去中醫診所報到了。而在球員宿舍裡，小悠正在幫Mori處理指甲的裂痕，她在Mori的指甲塗上三秒膠，這是她發明的急救方法。Mori痛得哇哇大叫。

「忍耐一下唷……」小悠滿臉不捨地看著 Mori。

「我的指甲就是太軟，動不動就斷，我真的適合當投手嗎？」Mori 又自暴自棄起來。

「博仔教練說過，你頭殼就是裝屎，要是你有點自信、多點殺氣，打職棒都沒問題！」

小悠為他打氣，一邊準備要起身去拿水來喝，轉身時她腰部突然一頓，臉部扭曲。

「怎麼了？」Mori 察覺到小悠似乎不舒服，關心地問。

「腰好像閃到了，你幫我按按好不好？」

「怎麼不去中醫給人推一推？」

「那裡人那麼多，不好意思啦……吼，你很煩耶，平常都是我幫你弄，你要不要幫忙啦？」小悠說完，往床上一趴，拉起衣服，露出雪白的纖腰，但居然有紅色圓點標籤貼在幾個穴位上。

「按那些紅點就好了，其他的不要亂按唷！」小悠低聲交代著；紅點不會突然出現在腰上，那當然是小悠自己貼上去的。

「你這是幹嘛？」Mori 突然有些尷尬。

這時，小悠抓住 Mori 的手放在腰上，嬌嗔著：「陳景森，你是不是男人呀？咖有殺氣啦！」一個翻身，小悠突然抱住 Mori，把頭埋在他胸前。

Mori 有如大夢初醒，翻身把小悠壓倒在沙發上，一面伸手就要拉掉小悠的運動褲。

「幹嘛啦，你……你小力一點咧！吼，那裡不行啦！」小悠小小力抗拒著。

兩人一陣拉扯，小悠的運動長褲已經被脫掉，她表情又嗔又喜。突然，Mori的動作停下來，因為他看到小悠的大腿外側布滿暗黑的瘀痕，還有幾個深深的球印。Mori抬起頭來看著小悠，臉上滿是愧疚。

「看到了喔，就和你說，被你丟到真的很痛咩……」小悠像是要化解Mori的愧疚，滿不在乎地說。

Mori愣了一下，把小悠緊緊抱住，抽抽噎噎哭了起來。

小悠也緊緊抱著Mori，眼淚跟著落下：「聽好了，我對你可是認真的，敢對不起我，看我殺了你！」

Mori點點頭，兩人互相擦了擦眼淚，破涕而笑。

球場上夜幕低垂、夏日的晚風趕走了酷暑的炙熱，令人感覺全身舒暢。青屯棒球場開起了夜間照明燈，那燈，也是Nancy接任領隊後才新安裝的。

烏米把鐵網掛在機車後面，準備開始整理內野的紅土區。他看了看Nancy的貨櫃屋，大門緊閉，但窗內透出燈光，顯然還沒下班。

烏米騎上機車，慢慢從投手丘開始向外繞圈，鐵網拖過的地方，被釘鞋踩亂的紅土立刻變得平整。繞了幾圈，他突然發現，Nancy 靠在貨櫃屋門口，表情嚴肅地遠遠看著他。
烏米停下車，對 Nancy 喊著：「領隊，這麼晚了，還沒休息呀？」
Nancy 向內野走近，輕聲向烏米說：「教練，整理場地這種事，怎麼不叫學生做呢？」
烏米轉頭看了看全新的球場，想起最近人生的奇妙變化，他誠心地說：「現在，在這個球場上……我覺得，我才是個學生。」
Nancy 聽到這話，心裡突然有股悸動，一時也弄不清楚那是什麼感覺，只是臉上不自主地揚起淺淺的笑容。
「騎那個好像很好玩，我可以試一試嗎？」Nancy 隨口說道。
烏米看到 Nancy 的微笑，心中竟然起了一種異樣的感覺。他決定和 Nancy 開個玩笑。
「領隊，這你不懂啦！在台灣，整理球場要考執照的。」
「這還要 license 唷？……很難考嗎？」Nancy 皺起眉頭
「也還好啦……像我們家 Power，只考三年就考上了。」
「Power？他誰呀？」
「Power 唷……」烏米忍著笑，然後做了個瘋狗的表情，「我養的狗啦！」
Nancy 發現自己被開了玩笑，氣到嘟著嘴，搥了烏米一拳。而烏米只是笑著招了招手，示意 Nancy 坐上機車後座；兩人也沒說什麼話，只是靜靜騎著機車，在夜裡球場的紅土區，就這麼一圈圈、一圈圈地繞著……

集訓的最後一課，烏米決定帶小球員們到他曾經最熟悉、但已經很久不敢再去的地方；這一課，其實他是要幫自己上。

週六下午，Nancy 包了車，讓全體球員到桃園國際棒球場，觀賞 Lamigo 桃猿隊對上兄弟象隊的比賽。博仔和烏米兩人跟著球員一起排隊時，有幾個球迷認出他們，在不遠處張望，指指點點。烏米在夜市裡早已看過太多瘋狂球迷，有來找碴洩憤的、有失望得痛心疾首當街大罵他的，他早就見怪不怪，像這樣指指點點更是家常便飯。

「烏米，你有多久沒進球場了？」博仔看看那些球迷，又環顧整個新穎的球場，頗有感觸地問。

「你有多久沒看球，我就多久沒看了。」

「會不會怕？」踏進久違的棒球場，博仔的心有一些忐忑。

烏米了解博仔的心情。他自己也一樣，之前每回進球場，他都是萬眾矚目的明星，而今天他卻背負著背叛棒球的罪名。但他知道，現在的自己，一定要過這一關：他必須讓棒球之神來驗證，再次走回他曾經背棄的神聖場地時，自己的雙腳，到底還會不會發抖。

他看了看身後那群雀躍的青屯小球員們，轉頭面對博仔，也像是為自己打氣一樣，有力地說：「怕？本壘都敢盜了，還有什麼好怕的？」

博仔聽到烏米的話，笑著用力拍了拍他的肩膀——那個全台灣尚勇的肩膀，準備要扛起一切的肩膀。

青屯小球員們個個都很興奮，由 Nancy 帶領，跟著排隊的隊伍開心進場。Nancy 幫大家安排了本壘後方的內野座位，好讓大家能夠更清楚看到場上比賽的情況。

由於時間還很早，球賽還沒開始，Lamigo 的球員正在進行自由揮擊。小球員們對於能這樣近距離觀察球星的一舉一動，簡直樂翻了。

這時，Lamigo 輪到林智勝練習打擊，他是打擊率和長打火力都很出色的球員。他上場輕鬆一揮，就將球以強勁的力道擊向外野看台，大家看了不禁驚呼連連。

「哇，這就是 pro 呀！真是強到哭爸……」紅面用充滿崇拜的語氣說。

林智勝練習完打擊，向場邊走去，站在休息區上方看台最前面的 Speedo 舉起手上的球，大叫：「智勝大哥，幫我簽名好不好？」其他的小球員們也都擠過去。

林智勝伸手拿了球，一邊簽名，一邊親切地和他們寒暄：「看你們汗草不錯，有沒有打棒球呀？」

「我們都是棒球隊的呀！」Speedo 興奮地說。

林智勝把簽好的球拿給 Speedo，笑著說：「你們認真打，別漏氣，將來要輪到你們幫我簽名呀！」

所有球員用力點頭，以看偶像的崇拜眼神，目送他走進休息區。

這時，有一個人卻跑到遙遠的外野，緊緊盯著正在草地上做伸展操的陳金鋒，眼睛閃爍著光芒，彷彿這個世界只剩下他和陳金鋒兩人。那是奉陳金鋒為今生唯一偶像的小鳳，他擠向牆邊，用相機拍下陳金鋒的照片，同時大叫：「鋒哥，請問你呀！球要怎麼打呀？」

陳金鋒一邊壓腿，一邊抬頭看著小鳳，笑笑地說：「球怎麼打……球來就打呀！」

直到陳金鋒做完操、走回休息區，小鳳才依依不捨地回到座位上，拿出相機拍的照片，得意非凡地向隊友們炫耀。

這時，場上換成兄弟象的守備練習。兄弟象隊的練習很嚴謹，每個動作都確實做到位，球隊士氣很高昂，球員的喊聲很大；他們是日式管理球風的球隊。阿樂直盯著場內看，眉頭深鎖。

「教練……能站在這個球場上打球，很辛苦吧？」阿樂問身邊的烏米。對阿樂而言，能加入兄弟象隊，和一群頂尖的隊友在球場上為棒球奮戰，是他到目前為止最大的夢想。

「我們那個年代，棒球有很多很糟糕的事，」烏米停頓了一下，轉頭看著阿樂說，「希望以後……都不會發生在你們身上。」

阿樂看著烏米，理解地點了點頭。

沒多久，場內的大螢幕出現 Lamigo 啦啦隊熱舞的畫面，比賽就要開始了，觀眾還在陸陸續續進場。

烏米回頭看看觀眾，對坐在身邊的Nancy有感而發地說：「以前我打球的時候，球場爛得要死，觀眾爆滿；現在球場這麼漂亮，觀眾卻不見了。」

Nancy的表情有點凝重。烏米講的這些，她都知道，因為她從小就在電視機前，每一場都不錯過，看著烏米的每個打席；而她現在，就和當時的偶像坐在一起，在球場裡看球，只是……球迷都不見了。雖然這陣子烏米的努力、投入和改變，她全都看在眼裡，但是曾經受傷的心，恢復得了嗎？

正當Nancy心事重重，她突然發現坐在一旁的Mori和小悠看起來很悶，一個皺著眉頭，一個則嘟著嘴。

「你們怎麼了，心裡有事呀？」雖然自己也很悶，Nancy還是關心地問，其他隊員也都好奇的看過來。

「沒有啦，領隊……」Mori悶悶地回答。

「Mori，你又卒仔了，這有什麼不敢講的？」小悠吐槽Mori。

「好啦……」Mori有些尷尬地打開背包，抽出綠色加油棒，面有難色地對Nancy說：「領隊，我們支持興農牛的啦！」

Nancy愣了一下，接著大笑起來，所有球員也都笑成一團。在笑聲中，Nancy的心放下了！她在青屯的小球員身上，看到了喜歡棒球那種最原始、最單純的感動。這些孩子曾經和自己一樣，對棒球充滿懷疑；而現在的他們，還願意為棒球興奮或激動。這樣，還不夠嗎？

而這一切的改變，是因為棒球的本質，還是因為烏米呢？

球賽開打。

一局上，Lamigo 投手很快就解決兄弟象的打者，三上三下。接著輪到 Lamigo 的打擊，在對手投手的強力封鎖下，儘管有一支安打的表現，仍然無功而返。在雙方你來我往的激烈攻守中，比賽牽引著觀眾的情緒，也為球員們上了一堂最好的棒球課。

青屯高中的球員們認真盯著場上的比賽，一邊手上、嘴上也沒停過，一下子指著場上的球員動作品頭論足，一方面吃著披薩炸雞，一下子看到精采美技又大叫出聲，跳起來歡呼鼓舞，嘻鬧成一團。

在緊湊的比賽節奏、雙方精采的攻守中，很快的來到七局上，雙方比分一比〇，Lamigo 暫時落後。七局上半結束後是 Kiss cam 時間，這是球場和觀眾互動的小遊戲，大螢幕上出現一個粉紅色的框框，隨機拍到的男女球迷要在鏡頭前親吻一下。鏡頭隨意鎖定觀眾席上的一對對情侶（或是兩個坐在一起的大男生），在其他觀眾的鼓譟之下，兩人或害羞、或搞笑地在鏡頭前親吻對方。

Kiss cam 持續轉動，沒想到居然拍到烏米與 Nancy！他們兩人有點不知所措，尤其烏米更是尷尬得不得了。但在大夥起鬨之下，Nancy 主動輕輕吻了烏米，小球員們看到這一幕全都興奮地大叫！

Nancy 這個很輕的吻，讓一股自國中暗戀某個女孩後便未曾有過的悸動，在烏米塵封、麻痺已久的心中，慢慢甦醒。他是個棒球員，一輩子，只會打棒球。之前的烏米雖然是萬人迷，但對於感情這檔子事，除了對投懷送抱的女粉絲來者不拒之外，說老實話，他實在是不在行。可是面對 Nancy 這個小他十五歲的小球迷，他慢慢發現，感情這種事，或許除了激情和衝動，還包含了責任、奉獻、面對犯過錯的自己，以及面對未來的勇氣。

七局下，輪到 Lamigo 的打擊，YoYo 鍾承佑擊出界外球，球正好落在阿樂身邊，阿樂一把用手套將球抓了下來！小悠好興奮，她向阿樂要球，阿樂卻毫不猶豫地給了 Nancy，這是他對領隊的感謝。Nancy 開心接過阿樂手上的球，舉手高呼！其他球員也跟著拍手歡呼……除了對 Mori 抱怨不已的小悠之外。

Lamigo 球員緊接著擊出安打，形成一、二壘有人的局面。這時輪到第四棒陳金鋒上場，小鳳忍不住「鋒哥！鋒哥！」地大叫。在萬眾矚目之下，陳金鋒果然不負眾望，擊出一支直擊全壘打牆的二壘安打，一口氣掃回壘上的所有球員，Lamigo 以二比一逆轉，全場歡聲雷動！

這時，Nancy 悄悄地拉起烏米的手，環住自己的腰。烏米也緊緊摟著 Nancy，心跳得很劇烈。

一推開Nancy豪華套房的大門，烏米和Nancy迫不及待地相擁在一起，瘋狂親吻。烏米脫下Nancy的衣服，卻從鏡子中發現她背上有一大片的紅斑，他心疼地看著Nancy，一時不知所措。

Nancy感覺到烏米的異樣，也轉頭看著鏡子，接著整理自己的模樣，有些自嘲地說：「前一陣子發作的，很醜吧？」

「一點也不……我記得你這個病不能曬太陽，幹嘛還整天往球場跑？」烏米充滿憐惜地看著Nancy，心裡滿是不捨。

「很諷刺不是嗎？我喜歡棒球，卻生了一種不能曬太陽的病！」

「現在……控制住了吧？」

「藥物暫時有效，紅斑性狼瘡是免疫系統的病，一輩子都不會好的。」

「真是辛苦你了……」烏米疼惜地說。

Nancy有點落寞。「我在美國，媽咪不讓我進球場，我只好每天看大聯盟的球賽轉播解悶……」突然，Nancy詭異地笑了起來，「你知道，為了我小時候，你說的那句玩笑話，我做了多少功課嗎？」

烏米搖了搖頭。Nancy則狠狠搥了烏米胸口一拳。

「為了當你的領隊，我開始研究美國棒球；搞了半天，我倒成了棒球博弈的專家！光是去年，我押費城人隊大小分的戰績是六十勝七負，還連贏過二十六場！不然你以為，買你的球隊不用錢唷？」

棒球博弈？不就是職棒簽賭嗎？烏米眉頭微微一皺，心裡想著：老天爺呀，你讓一個因為職棒簽賭而賺大錢的人，來教我「對棒球應該忠誠」的道理，這是在玩我嗎？

不過，Nancy 好像沒看出烏米的表情變化，接著說：「我對什麼事都很認真，我花在研究球隊資料的時間，不會比你練習揮棒守備的時間少，因為我的人生，就好像一場注定好的 called game（提前結束的比賽）。與其乖乖等著比賽結束，我只想認真打好每一顆球……」

聽到這裡，烏米愣住了。忠誠？只有對棒球嗎？對人生不也一樣嗎？突然，烏米緊緊抱住 Nancy，失控地放聲大哭。這席話，不也正是他人生的寫照嗎？他一直認為自己只是個棒球員，能力和知識都有限，雖然只是想認真打好每一顆球，現實卻是那麼樣的困難；以前的他，總是給自己找這樣的藉口……可是，現在他知道了，Nancy 這麼多年來，一直勇敢面對著一輩子不可能治好的疾病，就算面對職棒簽賭，她也用心準備每場比賽的分析資料，不是靠放水消息來決定球賽的勝負。那麼，他自己，又有什麼理由可以繼續逃避棒球、逃避自己的人生呢？

此刻，他對 Nancy 除了有種同病相憐的感受，更充滿感謝。不斷湧出的淚水像是要洗淨過去的一切，更像是一種懺悔與告別。

Nancy對於烏米突如其來的舉動手足無措，只好也緊緊抱著他，安慰著說：「笨蛋……我一時還死不了啦！」

烏米停止哭泣，突然看著Nancy，正色說道：「小美女，既然你回來了，我就要讓你看見和當初一樣神氣的黃清海！」

Nancy激動地凝視著烏米，終於明白他的傷心。比起關心自己的病情，烏米這番對棒球的宣示，讓Nancy更加感動不已。

「這一陣子，你讓我覺得好迷惑……有時你自甘墮落，讓人氣得牙癢癢的，現在你看起來好像又很認真，有當年意氣風發的樣子。」接著，Nancy突然小聲地說：「跟你說，我這幾天視力好像變糟了，會看到幻覺……」

「啊？你看到什麼？」烏米擔心地盯著Nancy。

「從你的眼裡，我好像看到閃光了耶！好亮好亮，像車頭燈一樣耶……」Nancy用慧黠的大眼盯著烏米，俏皮地說。

烏米知道被Nancy耍了，罵了聲「笨蛋」，兩人情不自禁再次相擁……

全國高中青棒聯賽，今天進行的是青屯高中對自強高中的比賽。只要贏得這場球賽，青屯高中就能夠進入決賽。這場球賽，他們志在必得。

經過這陣子密集的訓練與連勝的戰績，青屯高中棒球隊的士氣非常高昂，球員看起來信心十足。比賽開始前，烏米召集球員訓話。

「以後的比賽，不會再有肉腳球隊了。當然，包含我們在內！」大家聽了都忍不住笑出來。烏米繼續說：「大家就用心打，四個字：全神貫注！來，喊聲！」

「嗨啦，青屯！」全隊精神抖擻地喊著隊呼，喊聲雄壯有力。

比賽即將開始，由自強高中先攻。青屯高中先發投手是 Mori，他站上投手丘，聽到紅面爸和幾十個青屯的同學坐在觀眾席上大喊：「青屯！加油咧！」Mori 閉上眼睛，深深吸了一口氣。練投了幾球後，捕手紅面走上來，一直盯著 Mori 看。

「你是咧看啥？」Mori 對紅面的舉動感到很詭異。

「我突然覺得，你今天好有殺氣唷！來吧，」紅面指著自己臉上的胎記說，「看準星，用力投過來！」

「你白痴呀？我的準星才不在你臉上！」他望向休息區，向小悠揮揮手，小悠也笑著對他揮揮手，還比出一個加油的手勢。

紅面笑著，拍了 Mori 的屁股，跑回本壘板後方就位。

裁判宣布比賽開始！自強高中第一棒李金鋒上場，他是個快腿的肌肉棒子，在聯賽中屢屢轟出大棒，是個很受注目的球員，當然對青屯高中也是個重大威脅。李金鋒一上場，場邊自強高中的啦啦隊大聲齊喊：「李金鋒，重傷害！李金鋒，重傷害！」他往打擊手套吐了吐口水，在一旁揮擊幾下，接著站上打擊區，眼神凶狠，氣勢驚人！

烏米向場上球員比了個「向後退」的手勢，野手們都向後退了兩步。Mori 第一球投出！是個近身的滑球，李金鋒跌坐在地上才勉強躲過，但是球誇張地轉進了好球帶；第二球，還是個內角的滑球，打者用很扭曲的姿勢勉強揮棒，結果揮棒落空。

烏米知道今天 Mori 狀況很不錯，看來李金鋒打不好 Mori 的球。他笑了一下，揮了揮手，要野手們都向前兩步；第三球投出前，李金鋒還特別後退了半步，結果是個外角滑球，李金鋒伸長手追打，沒打到，狼狽地遭到三振！場邊響起如雷的加油聲，小悠最為興奮，大叫：「水啦！」

自強高中的啦啦隊毫不氣餒，仍繼續高聲加油。在 Mori 的強勢封鎖、野手不斷美技演出之下，自強高中局局無功而返。不過，青屯高中也在對方投手的封鎖下，屢屢留下殘壘，雙方緊張地僵持著。直到八局上，因為一個野手失誤，反倒讓自強高中以一比零取得領先。

比賽來到九局下，投手 Mori 仍然表現很好，完投九局沒有再讓對手得分。但無法突破僵局的青屯高中已經有些心浮氣躁，且只剩下這個半局的反攻機會了。烏米決定採取積極的戰術，盡最後的努力。

這局從九棒開始，是打擊不太好的紅面，烏米下達隨意揮擊的指令，讓紅面自由發揮。站上打擊區的紅面，等投手把球投出之後，突然把棒子縮回來，巧妙地做了觸擊，自強高中的內野防守來不及反應，紅面順利站上一壘。看到這一幕，看台上的紅面爸整個跳起來，用不流利的中文對旁邊的人大叫：「我兒子、我兒子！」青屯高中的氣勢也瞬間拉抬起來。

自強高中重新調整守備，這時又輪回一棒的Speedo，他瞄準第一球，一揮棒就打穿內野防線，形成一、二壘有人，無人出局的優勢。自強高中緊急叫出暫停，決定換投。

救援投手上場後，二棒許浩峰以觸擊推進的方式，讓壘上兩人各往前推進一個壘包，不過三棒打者許豪哲遭到三振，兩人出局，局勢又對青屯高中不利了。輪到四棒阿樂上場，全隊都對他寄予厚望。小悠和Mori兩人緊緊握著手，在休息區裡祈禱著，情勢非常緊張。

阿樂一上場，連續看了兩球，一好一壞。阿樂轉頭看了一眼休息區裡的烏米，只見烏米的左手在頭和左肩連拍三下，接著往胯下一摸，最後拍了拍手。

「Homerun sign！看我的！」阿樂點點頭，殺氣騰騰地站上打擊區，握好棒子，全神貫注地盯著投手。

球投出，抓準這個直球，阿樂毫不猶豫地大棒一揮，接著全場歡聲雷動，笑聲和汗水全都交融在場上。球員們團團圍住阿樂，高呼：「嗨啦，青屯！」

靠著阿樂的再見全壘打，青屯高中於九局下半攻下三分、逆轉自強高中的消息，隔天攻占了所有媒體的體育版面與網站的棒球討論區。青屯高中校刊連續刊載球隊獲勝的消息，這次更大篇幅報導：「奇蹟一勝！九局下兩出局三分逆轉彈，棒球隊挺進冠軍決賽！」

不過有趣的是，校刊的棒球隊新聞附近總會有一個方塊，上面寫著：「趙校長領軍有功，學生支持度首度突破百分之五十八！創校史紀錄！」、「鐵漢柔情趙校長：我的棒球週記」之類的馬屁文章。

為了慶祝青屯高中打入全國聯賽決賽，地方支持青屯的父老鄉親在里長阿宗師的號召下，在土地公廟前辦了十幾桌酒席，一起為球隊打氣。熱心民眾還請來舞獅隊逗熱鬧。

慶功宴現場鑼鼓震天，舞獅耍得氣勢非凡。辦桌人員忙進忙出上菜，一片喜氣洋洋。酒席開動前，烏米起身向球員說話。

「最近大家表現得很棒，等下盡量吃、盡量喝，後天決賽對上西苑，他們可是去年的冠軍，大家要吃飽一點呀！」烏米一說完，球員們全體歡呼！接著，好菜陸續上桌，球員們比手畫腳地聊著白天的比賽，也開心吃著菜餚，唯有阿樂一個人心事重重。

這時，阿樂拿起酒杯走向烏米：「領隊，阿宗師，教練，謝謝你們，我敬大家一杯！」

「隊長，你很菜唷！一杯酒敬四個人，原住民是這樣喝酒的嗎？」博仔開玩笑地說，「Speedo，來教你們隊長敬酒！」

Speedo 聞聲趕到，從大冰桶裡拿出兩瓶啤酒：「報告！阿樂是隊長，老爸又是議員，我惹不起啦；要示範的話，我找學弟來……」講完高聲叫：「小鳳你來，我教你台灣人怎麼喝酒！」

正開心吃著菜的小鳳，聽到喝酒，不甘願地走來：「這關學弟啥事啊？」

「台灣有一句話：學弟不是該死，是罪該萬死！」Speedo 以學長之姿教導著小鳳，「說到這個敬酒，首先自己要帶酒瓶來……」Speedo 剛舉起酒瓶，話沒說完，阿樂突然把酒瓶搶過去，直接整瓶灌下。整隊球員起鬨叫好，阿樂喝完，把瓶子向上一舉，紅著眼眶對烏米說：「教練……我……我想要和你們說……對不起！」說到這裡，阿樂便哽咽了。

烏米明白阿樂的心意。阿樂從一開始對他充滿敵意，到現在的全心信任，這些改變，烏米都深刻體會；他當然也明白，阿樂過去的所做所為都是因為熱愛棒球。於是烏米喊了聲「好」，也喝下一杯；阿樂還想說些什麼，卻被烏米笑著阻止：「夠了啦！講這麼多，啊你嘴是會乾袂？」

阿樂對烏米點點頭，走回座位。Mori 發現他眼眶溼了，輕輕拍他的頭。

默默看著這一切的 Nancy，不禁握了握烏米的手，眼神中流露佩服。她向烏米說：「我聽說，後天的決賽，中央官員都會來看耶！」

「那又怎樣？不就多幾個觀眾嗎？」烏米不以為意地說。

「我覺得，我們球衣上的 patch 太雜了，所以我把其他贊助都退了，決賽的時候，就只有我的 sponsor 囉！」

「你還真會亂花錢！你要貼什麼？瘋狗嗎？」

「ＮＯ，」Nancy 露出得意的表情說，「你別管那麼多，到時候你就知道了嘛！」

這時，烏米的手機響起，一看到來電顯示，他的臉色突然一沉，默默走到旁邊接電話。

很快講完以後，又表情嚴肅地回座。

「怎麼了？」博仔關心地問。

烏米喝了杯酒，說：「該來的，還是躲不過……」

Nancy 表情緊張問道：「是 Bada 嗎？」

烏米點了點頭，向博仔示意，兩人站起來走向博仔的座車，準備駕車離去。Nancy 追上來，認真地說：「烏米，我知道這樣不好……但如果 Bada 要錢，我手邊還有五十幾萬，你可以請他……請他讓我們好好打完決賽嗎？」

博仔忍不住笑出來，說：「人家麻將都打五千底的……五十萬，買台車都不夠啦！」

「五十萬買車？……你說的，是台幣唷？」Nancy 驚訝地問。

「什麼，不然是美金唷？」烏米揶揄地說。

Nancy 兩手一攤，一副「當然囉」的樣子。烏米苦笑著，摸了摸 Nancy 的頭，轉身對博仔說：「學長，走吧！」

博仔發動車子，Nancy 對他們揮揮手，看著兩人駕車離去。她的心裡隱隱藏著不安，而她不知道的是，除了 Bada 大仔之外，還有另一團挾著驚人風暴的超級颱風，正朝向她全速前進……

7

球是圓的，勝負有誰知道？

棒球這種事，在玩什麼把戲，你到底是懂不懂呀？

車子默默行駛在暗夜的馬路上，離開市區後，沿途更見荒涼。博仔緊握著方向盤，沿著山路有些焦躁地拐彎，心不在焉的他幾次險些衝撞護欄，十分驚險。而烏米只是安靜地坐在一旁，緊緊皺著眉。兩人各懷心事。遠方山頭不時閃爍著閃電，偶爾傳來幾聲悶雷。雲層很低，也許不久，就要下起暴雨來了。

車子轉進別墅前的車道上，眼前是燈火通明的豪宅，巨大的宅邸突兀地矗立在黑暗中，彷彿是個吞噬了周遭所有光明、自身不斷膨大的怪物，給人一種揮之不去的壓迫感。

幾個黑衣小弟在門口把守著，看到博仔的車子開上來，禮貌地點頭致意。博仔和烏米一同下車，把鑰匙交給一旁的小弟，兩人跟著另一個黑衣小弟，帶著忐忑，走進Bada的豪宅。

偌大的會客室裡傳來陣陣水聲，游泳池中一個壯碩的人影，如魚般在水中輕巧悠游。吧檯裡，改染成一頭火紅頭髮的白目仔正熟練地泡著茶。River則坐在吧檯另一邊守著電視，螢幕上播映著中華職棒 Live 轉播。看到博仔與烏米進來，River 站起來，熱情地招呼兩人坐下，白目仔則奉上兩杯剛泡好的頂級烏龍茶。烏米和博仔望著游泳池裡的人影，River 也跟著看了一眼，隨即說：「再一圈，大仔就上來了。」並用手勢勸他們喝茶。

沒多久，泳池裡的人影倏然自水中躍起，映入眼簾的是一大片色彩鮮豔的日本浮士繪刺青，從肩頭、雙臂一直延伸到大腿，背上一個碩大的鬼頭咬著一把日本武士刀，眼睛直勾勾地盯著他們。雖然不是第一次看到 Bada 大仔背上的這幅刺青，但不知為什麼，今晚在這樣的場合看起來顯得格外怵目。

白目仔看到 Bada 大仔自泳池中站起來，動作很快地跑去遞上浴巾及浴袍。稍做簡單整理的 Bada 大仔穿上浴袍後，滿臉笑意地朝他們走來。烏米、博仔與 River 全都恭敬地站起來迎接。

「來來，坐！」Bada 大仔示意大夥在一旁的沙發坐下，白目仔把茶車推過來，端上剛泡好的茶。Bada 大仔臉上堆滿笑容，拍拍烏米的肩膀說：「恭喜兩位大教練！逆轉勝呢！」

「大仔，我們只是運氣好啦。」博仔陪著笑臉說。

「九局下連得三分，你真以為是運氣好？」Bada 大仔看著烏米與博仔，笑得邪氣。

「大仔，你想說什麼？」烏米意識到 Bada 大仔話中有話，立即皺起眉頭。

「無啦……我說，那是你們實力強呀，你看看！」Bada 大仔把桌上的筆記型電腦轉向烏米，網頁上是青屯高中的球員簡介，還有一些雷達圖表示選手戰力，各項指數清清楚楚。

「科技愈來愈發達，現在賭盤開得真詳細，連球員的底都摸透了咧！」Bada大仔指著電腦螢幕說。

「大仔找我們來，是要上電腦課嗎？」烏米有些不耐。今晚他決心把事情講清楚，因此急著想問清Bada大仔的目的。

「讓你看看，最近你們的球隊多嗆啊！」Bada大仔喝了口茶，繼續說，「買你們贏的，都是幾十萬幾十萬的進來，真讓你們拿到冠軍，大仔我就得跑路了。」

「大仔，你可以麥收呀，那就免走路啦！」烏米對Bada大仔開高中球賽賭盤的事不以為然，但他知道今天有求於Bada大仔，於是語氣十分低調。

「大仔我開盤是做信用的，哪有可能不收咧？」Bada大仔聽到這話，眼角微微抽動。

博仔看出Bada大仔表情有異，怕烏米壞了事，於是拍了拍烏米的肩膀，語氣恭敬地向Bada大仔問道：「大仔這麼晚找我們來，有什麼事要交代嗎？」

「決賽你們和西苑打，我看是四六波，你們要贏，還很拚……」Bada大仔頓一頓，接著說：「可是，我怕你那球隊肖肖，萬一不小心贏了，那我該怎麼辦？」

「球是圓的，誰知道最後輸贏？」烏米勉強擠出一個笑容。

Bada大仔意味深長地看看烏米，笑著說：「你知道……你知道呀！就像你一開始那樣，只要你願意放，對方一定贏的呀！」

烏米想，Bada大仔做組頭不就是要賺錢，或許可以跟他做個交易吧？於是他放低姿態，誠懇地說：「大仔知道我們領隊，她對這些孩子真的很用心，小女孩沒什麼要求的，就是希望球隊可以順順利利打完冠軍賽。至於謝禮部分，就請大仔開個數字吧！」

「錢唷？恁爸多得是！」Bada大仔語帶不屑地說，「不過，我這輩子最討厭的，就是和棒球認真的人。你愈是這樣說，我愈想看你們輸咧！」

「大仔，您大人有大量，幹嘛招惹這些孩子呢？」烏米不放棄，繼續懇求。

「幹！」聽到這話，Bada大仔突然大吼了一聲，「這什麼社會呀，沒是非啦！」說完，他眼露凶光，狠狠一腳踹翻茶車。白目仔見狀想要衝過來架住烏米，卻被River一把拉著。

「……我出錢出力，買手套、贊助球隊、請他們吃飯，現在你要和我翻唷……幹，你憑什麼！」Bada大仔直直瞪著烏米，暴怒的他，太陽穴的青筋都浮了出來，眼角抽動的幅度也愈來愈大。

烏米忍住氣，他扶正茶車，低聲下氣地繼續說：「大仔，你從小也打棒球，那群孩子好不容易有個夢想，也許有機會拿個冠軍……」

說到這兒，烏米從包包裡拿出自己的奧運銀牌，想要遞給Bada大仔；那是他請Nancy還給他的……或許，這個有點用處吧？

「看在這獎牌的分上，請您放過那些孩子吧！」烏米誠心誠意地說。

烏米隱約知道Bada大仔的過去，紅葉少棒那個年代，他也曾經是少棒當紅的打者。烏米想，同樣是棒球選手，Bada大仔又特別在別墅的後方蓋了打擊練習場，或許對棒球還是有熱情吧？

Bada大仔看到烏米拿出獎牌，歪著頭、表情詭異地笑了笑，順手接過那塊沉甸甸的奧運銀牌。他斜眼看著掌心的獎牌，沒說什麼；接著，他把獎牌掛在胸前，起身走了幾步，好像想起了什麼往事，閉上雙眼、舉起雙手露出微笑，好像在接受眾人歡呼。現場眾人看到Bada大仔的表情，心中都充滿了疑問，只有River，他皺起眉頭、轉過頭去，不想再看到這個畫面。

不久，Bada大仔滿足地張開眼睛，把銀牌從胸前拿下，滿臉笑容地走向烏米，柔聲說道：「我小時候呀，打球累得要死，整天訓練都沒休息，為的是什麼？不就是為了這個？想說出國比賽如果可以拿到冠軍，回來讓蔣公摸個頭，那我阿爸可就神氣了！」

Bada大仔拿著銀牌，在烏米臉上輕輕拍了兩下。

「可是，國家作弊呀！為了和日本人比賽拿冠軍，他們派國中生去比賽，我才小學而已，怎麼選得上國手？烏米呀，你知道那事吧？」

烏米聽到這話，表情整個扭曲了起來……那件事，他當然知道，只是，棒球前輩全都不想提起就是了。紅葉少棒時期，不過就四、五十年前，棒球是政府宣揚國威、凝聚全國民心士氣的重要工具，為了在國際賽取得好成績，什麼異想天開的不當行為，都在政府的默許下暗地進行。好比紅葉少棒的英勇事蹟，就曾經由司法判決，確認是由國中生冒名頂替少棒選手的造假事件；那就像吳鳳到底是不是捨身取義的民族英雄一樣，是一段台灣人民不想面對的灰暗記憶。

「我國手沒選上，阿爸說打球沒出息，再打下去，一世人撿角啦！可是我書也沒唸好，除了出來混、砍人像揮棒，我還能幹什麼？」Bada大仔輕輕地嘆了口氣。

「……我這一生呀，算是被這牌仔毀了……」

突然間，Bada大仔大吼一聲，把奧運銀牌往吧檯砸去；他臂力驚人，「碰」的一大聲，獎牌居然把吧檯的大理石檯面砸出了火花！

Bada大仔抓狂了！他眼中充滿血絲，扯著烏米的領口，表情憤怒得像是要吃人一般！他吼著：「夢想？那和恁爸有什麼關係？幹，恁爸一聽到這兩個字就賭爛，什麼夢想、什麼榮譽，吃洨啦！……烏米，你都吃那麼老了，棒球這種事，在玩什麼把戲，你到底是懂不懂呀？野球是騙人的東西，青菜啦！」

烏米被Bada大仔突如其來的舉動嚇了一大跳。到了這一刻，他突然全都懂了……他這才恍然大悟，笨呀！他全都想錯了！

Bada大仔非但對棒球毫無熱情，相反的，他的所作所為全是為了踐踏棒球、為自己失敗的人生復仇！他開棒球簽賭賭盤，並不是為了賺錢，而是為了毀掉整個棒球界呀！

烏米終於醒悟，願意配合打放水球的教練何其多，為什麼Bada大仔非要找他不可？原來……原來不是自己的球技有多好，或是博仔對他有多配合，而是因為烏米曾經代表國家的棒球榮耀，他看這種事情就是不順眼呀！

一旦了解這一切，烏米的心更加混亂起來。此刻，他的眼前浮現的全是那群孩子純真、熱血的眼神……棒球，不應該是很單純的東西嗎？球來就打，哪裡有那麼複雜？他曾經親手毀掉自己的前途，現在，怎麼可以再毀掉這些孩子的前途呢？他在腦海裡尋思著可能的解套方法。沉默了一陣子，他終於開口。

「大仔！這些孩子欠你多少？我一個人擔了！」烏米說。

「擔？你擔屎啦！你真以為自己是全台灣尚勇的肩膀，天都擔得起呀？」

「大仔，可不可以……」

烏米話還沒說完，Bada 大仔便大吼：「不可以！我要你做的事情很簡單，就是冠軍賽給恁爸放乎輸！沒什麼好商量啦！」

烏米還想說什麼，但博仔知道，再讓烏米說下去，恐怕事情會更難以收拾。他趕緊拉住烏米，低聲下氣地對 Bada 說：「大仔，那我們知道了！該怎麼做，我們兄弟會有打算。」

說完，博仔拉著烏米就準備離開。不過，Bada 大仔還不忘大聲補上一句：「烏米呀，你那隻軟絲仔生得實在不錯，要是她被十幾個少年仔抓去大鍋炒，你就麥怪恁爸沒幫你蓋鍋蓋呀！」

烏米聽出 Bada 話語中的威脅之意，氣憤不已，又準備回頭去跟 Bada 大仔嗆聲，但是馬上就被博仔和 River 制止，兩人半推半拉地把他帶出會客室。

烏米和博仔一離開，白目仔就被 Bada 叫去咬耳朵。白目仔聽完，臉上露出奸笑，向

Bada大仔做了一個「沒問題」的手勢。Bada大仔哈哈大笑起來，舉起腳，將地上那塊奧運銀牌狠狠地踢落泳池。

回程的車上，River不放心烏米的情緒，找了個藉口，跟著他們兩個一起下山。在Bada身邊的這些小弟中，River和烏米與博仔之間有一種特殊的情誼，這與River熱愛棒球有關；他從小看烏米打球，把烏米當作是自己的偶像，卻看到烏米被Bada大仔弄到今天這步田地，他對烏米的處境是很同情的。

車子在山路上行駛，車內三人都沉默不語。博仔漫無目的開了很久，最後來到梧棲漁港。深夜裡的海港遊客稀少，他們三人下車望著海，一籌莫展。

博仔點了根菸，吸了一口之後，苦惱地說：「幹！跟Bada搞成這樣，以後日子怎麼過？都是你這個大情聖，被馬子唬兩下，馬上就昏了。」

「學長，別開Nancy玩笑，你知道她是認真的……」烏米夾在中間，實在是心煩意亂。這時他的手機響起，是Nancy來電。

「Nancy，談好了啦……Bada大仔很肯定你的用心，先不用付錢啦……你別擔心，早點休息！」烏米隨便安撫Nancy，很快掛了電話，但他心裡悶極了。

「這下好啦，你大話也說了，決賽你打算怎麼辦？」博仔對烏米的莽撞有些不諒解。

「管他的，比賽先打吧！等打到第八局再說。」

「我們不動聲色，應該可以騙過 Nancy 吧？反正西苑很強，我們就算全力打，也不見得會贏呀！」博仔說。

博仔知道 Bada 大仔的凶殘。違逆他的下場，至少會像他們在練習場看到的土虱那樣；更嚴重的結局，博仔根本不敢想像。或許，隨隨便便輸一場球，會是最容易收場的結局吧？

「可是，你騙得過 Nancy，騙不過自己呀！」烏米的心好痛、好掙扎，他到底該怎麼辦？他發了瘋似的狂喊：「既然決賽不見得會贏，大不了就放呀！比賽總會有人輸，我們不輸，別人哪有得贏咧？」

這時，River 突然把一旁的垃圾桶整個踢倒，發出巨大聲響。

已經非常煩悶的博仔，被這個舉動激怒，突然大聲起來：「幹，我們聊我們的，你是在袂爽啥？」

「……冇啦……看你們那麼痛苦，心裡就賭爛……別忘了，我是你們的粉絲咧！」River 不悅地說。

「River，麥安捏講啦，要是沒有你，我們連職棒都打不成，這份情，我會記住一輩子的……」烏米的語氣緩和下來，安慰著 River。

聽了烏米的話，River 抬頭望向遠方，表情木然地說：「大哥，你……確定嗎？」

River 想起二十五年前的那個夜晚。

當時烏米是大一的球員，正是逐漸崛起的明日之星。他和女友在暗巷內被一群小混混團團圍住，幾個小混混拉扯烏米的女友、對她上下其手，還不斷地挑釁烏米。烏米想要出手搭救，卻被幾個小混混掌了嘴、踹倒在地上；接著，小混混們打了電話給博仔，叫他帶幾萬塊錢來擺平這事。

博仔接到電話，急著拿出球棒袋，毫不遲疑地用彈性繃帶把鋁棒綁在右手上，穿上釘鞋，直奔出門！他騎著機車狂飆到烏米遇難的暗巷，一到達，只見烏米的女友被兩個混混拉著，烏米則被其他混混團團圍住，嘴角流著血。博仔大喊了一聲「幹！」就衝上前去，和小混混們開打。

小混混們一湧而上，可是博仔奮力用釘鞋回踢，中腳的小混混血流不止。但博仔和烏米終究不是打架的料，再加上對方人多勢眾，兩人遭到眾人圍攻，終於不支倒地……

最後，兩人被小混混架起來；在混亂中，他們的老大被博仔的鋁棒打了好幾下，老大拿起鋁棒，吐了一口血說：「幹恁娘咧，是哪隻腳踢人的？快給恁爸伸出來！」

看到這一幕，烏米的女友在後方哭喊著。博仔和烏米眼看要被斷手斷腳，就在這時，後方傳來聲音：「喂，出手小心點咧！他們都是國手，萬一以後打不了球，你們賠得起嗎？」

只見River帶著十幾個小弟站在這群混混身後，個個手持棍棒，聲勢浩大。小混混老大看情勢不妙，胡亂嗆了幾聲，便丟下烏米與博仔等人，落跑了。

River把博仔與烏米帶到路邊，親自幫兩人包好傷口，又幫他們點了菸。

「我叫River，是你們的球迷唷！以後再遇到這種事，幹嘛自己動手？」River認真地盯著他們兩人說，「幹，你們的責任是得冠軍，要砍人，我來就好啦！」

三人相視而笑。這個驚險的場面，是博仔、烏米和River的第一次接觸，從此奠下不解之緣。

但烏米與博仔一直不知道的是，這一切其實都是Bada大仔的精心安排。暗巷裡的那群小混混、River的出面搭救，都是按照Bada大仔寫的劇本走，為的是收買烏米與博仔的心，再一步一步帶著他們走進陷阱裡。

想到這裡，River心中充滿無奈。

「那一切，除了我是你的粉絲，一切攏是假的啦……這些年來，我一直覺得很幹，可是我沒有辦法，」River轉過頭來，嚴肅地看著烏米，「烏米，大仔做事沒那麼簡單，千萬要小心呀……」

高級套房裡，Nancy看著一疊剛做好的「忠誠」貼布，表情十分滿意。桌子底下散落著剪剩的大量碎布，桌面上也到處都是線頭。從後天開始，為了維護青屯高中的形象，她撤掉了所有的廠商，只剩下一個獨家贊助，就是Nancy自己！而即將出現在球服上的贊助廣告，正是這個「忠誠」貼布。這兩個字代表她對棒球的熱愛，也是她對球員的期待。

這時電鈴響起，一定是烏米，Nancy 想。她一人隻身回到台灣，在這裡沒有朋友，互動的人只有球隊，而知道她住在這裡的人也只有烏米。Nancy 把貼布稍微整理好，一臉興奮地開門，劈頭就說：「急什麼啦，不是說後天球場見嗎……」

但房門一打開，站在門口的不是烏米，而是面無表情的媽媽，令 Nancy 大吃一驚。

「媽，你怎麼來了？」

Nancy 媽推開她進屋，環顧了小套房一圈之後，逕自往沙發坐下。

Nancy 關上門，給媽媽倒了一杯水，在對面坐下。Nancy 媽拿起手機，點開網頁上的體育新聞，那是 Nancy 與烏米在球場 Kiss cam 的親吻鏡頭上了體育新聞的特寫。Nancy 看完，面無表情地把手機放回桌上，不發一語。

自從上次在相親場合不歡而散以後，她們母女就陷入冷戰，沒多久 Nancy 不告而別、離家出走。媽媽雖然很氣 Nancy 的任性，但因為女兒患了很嚴重的疾病，讓 Nancy 媽焦急地在美國與台灣兩地奔走，透過各種管道想找到女兒的下落。後來竟是以這樣的狀況發現了女兒，媽媽心中自是氣憤不已。

「你知道我找你找得多辛苦？原來這些日子，你都和那個垃圾混在一起？」Nancy 媽冷漠地說。

「烏米不是垃圾，是我誤會他了。」

「他是什麼人，你清楚得很：那種會打放水球的人，會是什麼好東西？好啦，現在玩夠了，可以回家了吧？」

「媽咪……」Nancy 擠出一個笑臉，輕聲細語地說。

Nancy 看到媽媽的冷淡表情，知道她是真的生氣了；不過，低聲下氣撒嬌一下，應該就能緩和媽媽的情緒，以前都是這樣的。

「我贊助了一支高中球隊，他們要打冠軍賽了，可以等他們比完嗎？」

可是，這次好像不同；Nancy 媽的表情，看起來真的像是氣到了。

「你這孩子怎麼老是教不聽呢？你正事不辦，幹嘛去搞個什麼無聊的球隊！」Nancy 媽忿忿罵道。

「隨便騙個男人把我娶回家，算是正事嗎？」撒嬌無效，Nancy 火氣也上來了。

「媽咪哪有騙？那是為了你好呀！」

「為了我好？相親的時候，你根本不敢提我有病的事！是不是我生這種病讓你很丟臉？是不是你怕我生病沒人敢娶我？你這樣騙人，和打放水球有什麼差別！」Nancy 發了瘋似地狂吼。這些話，她早就想說了！

媽媽勃然大怒，一向溫婉、氣質高雅的她，忽然給了 Nancy 一巴掌！這一巴掌打下去，母女倆都嚇了一跳，因為自從 Nancy 生病以來，媽媽就再也沒打過她了。

「就算你打我，也不會改變什麼，」Nancy 被打了巴掌，語氣反而平靜下來，「媽咪，你知道我為什麼要走嗎？我再也受不了我的人生了：棒球是假的；你一直在相親騙人，是假的；我一直期待我的人生會變好，也是假的。你知道嗎？再不給我一點真實的感受，我都不知道要相信什麼、都要活不下去了……」講到這裡，Nancy 的眼眶紅了。

「Nancy，你在說什麼呀？你是和誰學得那麼壞……」媽媽伸手抓住 Nancy，突然發現 Nancy 手上有一大片紅斑，不禁驚呼出聲。

「怎麼變得這麼嚴重？來，讓我看看……」

Nancy 咬了咬牙，脫了小外套。她背上和手臂的紅斑非常嚴重，媽媽的眼眶頓時充滿淚水，心疼得雙手摀嘴，不知所措。

Nancy 看到母親如此激動，開始心軟，緊緊抱住媽媽。

「媽咪，沒事……沒事啦，雖然起了點紅疹，但我的心，卻真的好起來了！這次，我真的學到很多，打完這一場比賽，我就沒有遺憾了！」

「等到決賽打完，我們一起去看醫生嘛！之後你說怎樣就怎樣，就算和外星人相親我都去！媽咪，好不好嘛？」Nancy 貼緊母親，輕聲安慰著她。

「看你變成這樣，我怎麼放心……」Nancy 媽心疼的眼淚不斷落下。

媽媽擦了擦眼淚，說：「相親？你現在這樣子，誰還敢要你呀？」

「你要我呀！沒辦法，誰叫你生了我這個 mad dog 嘛！」

Nancy 抱著媽媽撒嬌，還做了瘋狗的鬼臉。媽媽終於忍不住破涕為笑，母女倆擁抱著，感受到彼此關懷的心意與親情的溫暖。

只是，窗外的雲層愈來愈低。暴雨，好像就要來臨了……

對Bada大仔嗆聲後，當晚烏米、博仔與River三人喝到半夜。烏米醉得最厲害，博仔與River把他扛進門以後，他在沙發上倒頭就睡。

這時已經是中午，窗外天氣陰沉，傾盆大雨要下不下，空氣悶得讓烏米出了一身大汗。一陣急促的電話鈴聲吵醒了昏睡中的烏米，他閉著眼睛，用手摸索著手機，宿醉讓他頭痛欲裂。好不容易找到手機，勉強睜開眼睛，看了看來電顯示，是博仔打來的。

烏米接起電話，語氣中仍帶著濃厚睡意。

「喂？學長……」

「烏米，出事了啦……」烏米聽完博仔說的話，整個人驚醒，立刻起身衝向狗窩，沒看到愛犬Power。

烏米一邊大叫著「Power……」一邊在住家四周尋找，依然沒有Power的影子！他騎著機車，很快飆到紅面家的「一番居酒屋」，一路上心思紊亂，焦急萬分。抵達時，博仔已在門口等候，滿臉愁容。

「烏米，你要冷靜……」博仔勸著烏米，深怕他太衝動會做出什麼事。

「學長，你讓開！」烏米怒氣沖沖地推開博仔，逕自走入店內。

一進門，只見桌椅全部踢翻，整間店和被砸了沒有兩樣，地上散落著玻璃碎片。兩名嘍囉用刀子把紅面爸架在櫃檯後，不能動彈。紅面看到烏米進來，趕緊衝上前去，放聲哭喊：

「教練！快救我爸……」

烏米看到白目仔大剌剌坐在櫃檯前，四個小弟圍在他身後。白目仔面前的料理桌上，放著一個用白布覆蓋的東西。烏米走過去掀起白布，只見Power口吐白沫躺在那裡，圓滾滾的可愛身軀已經僵硬，鼻孔甚至流出血水。烏米見到愛犬的屍體，簡直不敢相信Bada大仔竟然會對一隻無辜的狗下此毒手。

「白目仔，你還真敢呀？」烏米氣衝腦門，咬牙切齒地說，心中充滿悲傷與憤恨。

「大哥，冤枉呀！什麼敢不敢的？我只是來幫我家的狗討一個公道！」白目仔冷笑著說。

「Power……」烏米撫摸著愛犬的身軀，忍不住悲傷，輕輕喚著牠的名字。烏米是在最失意的時候，意外遇見遭人棄養的Power。在這麼多年的獨居生活裡，Power始終是他最重要的伴侶，如今卻被毒殺了，烏米心中充滿不捨，更充滿了恨。

「Power？誰是Power？我家的狗叫史賴打啦！昨天史賴打過生日，我特別包了大碗鰻魚飯給牠慶生，沒想到，媽的，一早起來，狗就死了！老闆，你是賣鰻魚還是賣河豚啊？」

白目仔繼續耍著嘴皮，臉上始終帶著輕蔑與挑釁的笑容。

「學長，快報警！」烏米大叫。

聽到烏米這句話，兩個嘍囉立刻圍住他，一副凶神惡煞的樣子。

「烏米，先聽他說什麼！」博仔趕緊出面緩頰，依照目前的情勢看來，他們寡不敵眾，還是得小心應付。

「我聽說你們球隊都吃這裡的東西……可是，這裡東西不乾淨耶！萬一在決賽的時候，球隊突然全體食物中毒，那該怎麼辦？那該怎麼辦才好呀？」

烏米再也壓抑不住怒火，對白目仔大吼：「你回去和 Bada 說，烏米跟他拚了！我烏米和他拚了！」

博仔看到烏米如此衝動，趕緊用全身的力量拉住他，大吼著說：「烏米，讓我講！白目仔，你回去和 Bada 大仔說，他送的禮，我們收到了，該怎麼辦，我們心裡有數！」

白目仔從櫃檯上跳下來，拍拍博仔，輕蔑地說：「爛手的，記得你剛才講過的唷！」之後對小弟們說：「走啦！」櫃檯裡的小弟這才放開紅面爸，一行人大搖大擺走出居酒屋，還踹倒了幾把椅子。紅面爸想要追出去，但被博仔擋下了。

烏米摸摸蓋著白布的 Power 的屍體，悲痛至極，眼淚再也忍不住奪眶而出。

「沒想到白目仔下手這麼狠……烏米，你幹嘛和 Bada 大仔嗆聲啦！」博仔感受到現在情勢的棘手，深覺無計可施。他眉頭深鎖，不斷來回踱步。

「學長，讓我靜一靜……」烏米悲痛地說。

「捅了樓子就要認呀，現在怎麼辦，你說呀！」博仔一整個氣急敗壞。

「學長，我說讓我一個人靜一靜，好嗎？」

「靜一靜有屁用？我們該想辦法解決啊，你知道他……」

「滾啦！說話聽不懂呀？」烏米突然失控地發飆大吼，眼睛裡滿布著血絲，怒火燃燒。

博仔從未見過這樣的烏米。三十多年來，這個小學弟從來沒對賢拜這樣大吼過！受到這股怒氣所震懾，博仔頹喪地退開，點了根菸，不發一語。

這時，Nancy 和其他小球員聽到消息也陸續趕到。Nancy 一看到蓋著白布的 Power，嚇得轉過身去。球員們看到被搗毀的店面和 Power 的屍體，也都非常激動，一個個交頭接耳，想問出事情的來龍去脈。

「幹，欺負人到這種程度唷……現在是怎樣，要去討回來嗎？」Speedo 逞凶鬥狠地說。

「真要打的話，全隊一起去呀！」已經和隊友們培養出濃厚交情的小剛也出聲附和。

「等等，我打個電話給我爸，聽他怎麼說……」阿樂拿出手機，撥打父親的電話想尋求協助。

「小鳳，以前你在少臨寺，一個能打幾個？」紅面問小鳳。

「學長，少臨寺沒在學武功啦……不過真要動手，小僧扛個五、六個應該沒問題……」

小鳳認真地想了想。

突然，一直沉默不語的紅面爸把手上的掃把狠狠一丟，大吼一聲：「やめろ（住手）！」他面對紅面，語重心長地說：「小凱，無論你想幹嘛，多桑都支持你，可是為了這種棒球，不值得啦！」

聽了紅面爸這一席話，小球員們面面相覷。為了棒球，不值得嗎？那他們在球場上這麼拚命，又是為什麼？他們真的不知所措了。

而真正被這句話重擊的人是烏米。他不發一語，抱起僵硬、冰冷的 Power，走出居酒屋，沉默地不斷向前走。Nancy 緊緊跟在他身後，很想說句安慰的話，卻什麼都說不出來。

一會兒，Nancy 再也受不了這種令人窒息的沉默，出聲叫著：「烏米……」

「Bada 這個人心狠手辣，我竟然傻到聽你的話，真是笨到家了！」烏米停下腳步。

「那又不是你的錯，總有辦法可以解決吧？」

「怎麼解決？日頭赤焱焱，隨人顧性命啦！我看你還是快走，看是回美國、去歐洲、去火星都好……總之你快滾啦！」

「你說什麼……為什麼要趕我走？」面對烏米突如其來的舉動，Nancy 完全不知所措。

「不為什麼……你不是病人嗎？病人就該乖乖認命，這樣跑來跑去，想死在台灣唷？」

「我們……我們不是很好嗎？烏米，我到底做錯了什麼？」Nancy 強忍住淚水，不明白烏米為什麼會這樣。

「做錯了什麼？」烏米強忍激動地說，「你錯在回來台灣，你錯在讓我產生錯覺，以為我的人生會有希望……你最錯的，是讓我愛上了你……」接著，他別過頭去，冷酷地說：「夠了，我話說完，你可以滾了！」

「這些話……你可以好好說啊……」Nancy 還想試圖挽回烏米。她想，烏米一定是受了太大的打擊。

「沒什麼差別啦！劉小姐，你別以為和我很熟；我告訴你，像你這種女人，我上多了，要是每個都和你一樣……」

Nancy 再也受不了，一個巴掌甩出去。烏米沒有閃開，也沒生氣，彷彿他等在這裡，就是為了挨這一下。

「明天的比賽，你打算怎麼辦？」Nancy 眼眶泛淚，質問著。

「不怎麼辦，球是圓的，我會玩得很漂亮……」烏米一副無所謂的樣子。

Nancy 只覺得心好痛，某個地方像是硬生生撕裂出一道長長的傷口。她沉默了一會兒，深深吸了一口氣，從包包裡拿出那疊她花了好幾天精心縫製的「忠誠」貼布。

「你是教練，你想幹嘛，我管不動你。不過我是領隊，這些 patch……你得幫我貼在大家的球衣上！」

烏米別過頭去不看不接，Nancy 把貼布硬塞到烏米手裡。

「謝謝你……給了我這麼精采的夏天！」

Nancy 強忍住淚水，哽咽地說完，轉身就走。她突然再也忍受不住壓抑許久的悲傷，哭出聲來，從抽抽噎噎漸漸變成嚎啕大哭，像是要將心中壅塞的那一大塊悲傷全部掏盡似地，放聲大哭。

烏米站在原地，表情木然，他的心中充滿更深沉的悲傷。今天他真正見識到 Bada 的殘酷，但他知道，這只是一個警告、一個開始，Bada會用各種手段來貫徹自己的意志，不容許任何人挑戰。如果烏米決心要拚鬥到底，下一個受害的人肯定就是Nancy，但他能怎麼辦呢？除了逼退Nancy，忍痛將心裡最愛的女人從自己身邊徹底推開之外，他沒有別的辦法可以守護她。

緊緊抱著Power的烏米，此刻又何嘗不想放聲大哭？但他卻無論如何，都哭不出來。

下午，烏黑厚實的雲層低到好像快要碰到額頭，但雨，還是下不下來。

在青屯高中的球場上，棒球隊隊員依照安排好的訓練行程，全員在球場上集合，博仔和阿宗師帶著球員，扎實地做完今天的訓練。明天就是冠軍賽，原本氣勢如虹的青屯高中棒球隊，卻因為早上的事件，全隊籠罩在一片愁雲慘霧中。

博仔與阿宗師將球員整隊好，等待剛到的烏米向大家訓話。烏米先把一疊「忠誠」貼布拿給小悠，神情凝重的看著球員們。這時，隊長阿樂先開口。

「冠軍賽我們不能贏！教練放心，我們會輸的！」

「學長，你搞什麼呀？」聽到這話，烏米皺起眉頭對著博仔說。

「不關我事，我什麼都沒幹……」博仔立刻撇清。

「教練，我把事情和他們說了，這是大家的決定。」一旁的阿宗師解釋著。

「我打了電話給我爸……」阿樂吼著，「他說叫我們好好自我約束，不要鬧事，別讓他明天在中央官員面前出醜。像這樣的棒球，打下去沒有意思啦！」

聽到隊長這麼說，小球員們你一言我一語地接起話來，整個球場吵成一團。

「夠了沒！」烏米突然大吼一聲，「現場沒教練唷？」

聽到教練大吼，球員們全都住了嘴，不過小剛還是把帽子往地上一丟，轉過身去表達不滿。烏米吼完，視線慢慢掃過全體球員，表情漸漸柔和下來。

「開什麼玩笑，對西苑，全力打都很難贏了，你們還要學著放水？」烏米說，「不過大家放心，只要有我在，那些事，再也不會發生在你們身上！來，大家靠緊一點。」

烏米看著這群孩子，對自己心裡的想法更加明白了。

「明天的比賽，或許會有人失誤，或許會有人失常，不過我要你們相信，那些都是比賽的一部分。如果你們存著放水的心，哪怕只是動一動念頭，那你們到了未來，腰桿就再也挺不直了！」

烏米苦笑了一下，一邊說著，一邊指著自己的鼻子。

「我，就是最好的例子！你們現在唯一要做的，就是全心全意，球來就打。其他所有的鳥事，通通都交給我！這樣，聽懂了嗎？」

「噢斯！」圍成一圈的球員應和著，聲音聽起來不太確定。

「我聽不到！你們聽懂了嗎？」烏米又大聲問了一次。

「噢斯！」球員比剛剛更大聲地回應。

「我還是聽不到！球來就打，聽懂了嗎？」烏米大吼著。

「**噢斯！**」

「球來就打，全神貫注！大家喊聲！」烏米愈喊愈大聲。

「**嗨啦，青屯！**」隊長阿樂帶出隊呼，全隊球員沉浸在一股悲壯的氣氛中。他們全都體會到烏米的用心，知道他處境的艱難；球隊面臨這麼強大的威脅，他還是不顧危險，要他們拚鬥到底。

而球員要做的，就只是看好來球，球來就打……棒球，不就是這麼簡單嗎？

悶了整天的暴雨，終於狂烈地傾注而下，遠方還傳來陣陣的雷聲，好像回應著這群棒球隊員們的喊聲！球員臉上已經不知是雨水還是淚水，一旁的阿宗師與博仔都被這一幕所感動，阿宗師眼眶泛淚。

這時，Mori 突然狂喊：「教練！有事不要一個人擔，我們全隊一起扛呀！」

「你們的肩膀那麼薄，扛得起嗎？再說要扛，也是我這台灣尚勇的肩膀來扛吧！開玩笑，這要是在美國，我會被家長告死耶！」烏米笑著說。

他拍了拍 Mori 的肩，轉身大步離去。

暴雨中，他昂首闊步的背影，像是準備趕赴決鬥的武士一般，充滿堅毅，又如此的孤獨……但這一切，他扛得起嗎？

Nancy和媽媽坐在醫院候診室裡，表情木然。

媽媽拉著Nancy的手，臉上淨是不捨。中午被烏米趕走後，Nancy痛哭了好久；擦乾了眼淚，整個人卻像是掏空了，成了一具行屍走肉，任憑媽媽的安排，晚上就來到醫院報到，進行一連串縝密的檢查。

在診療間裡，一名頭髮花白的醫生仔細觀察Nancy身上的紅斑，又看一看已經出爐的檢查報告。

「血液報告沒什麼問題，目前看起來，就是普通的光過敏反應，多休息就好了。」

「太好了！醫生，還有什麼要注意的嗎？」媽媽聽到醫生的診斷結果鬆了一口氣，喜形於色地問。

「這病這麼久了，該注意什麼，你們比我還清楚呀！」事實上，這位醫生看著Nancy長大，她第一次求診時，就是由他主治。

「是呀，我是個病人，病人就該好好認命。以後，我不會再任性了。」Nancy賭氣地說，腦海中閃過的全是中午烏米的字字句句，以及他決然的表情。

「好啦，別這樣……只要你好好照顧身體，以後回美國，你想看王建民，媽咪都陪你去好不好？」Nancy媽不捨地看著傷心的女兒，緊緊抓住Nancy的手安撫著，Nancy卻是別過頭去，不發一言。

醫生看著眼前這對母女，感受到一股詭異的氣氛，想找個話題來和緩。他想起 Nancy 從小就喜歡棒球。

「你現在，還是跟以前一樣喜歡棒球嗎？我覺得呀，今年青屯高中好像滿有機會的喔！」

「哪一隊會贏，關我什麼事？反正，注定要提前結束的比賽，我幹嘛和它認真？」Nancy 若有所思地自言自語。

「不關你的事？比賽還沒打，你就知道要提前結束？」老醫生突然低聲吐出一句，「你學他們打放水球喔？」

聽到醫生的話，Nancy 突然臉色一變。她看了看媽媽，愣愣地出了神。

老醫生的話，像電流一般觸動了 Nancy 的神經！說得對呀……自己的人生，如果就這麼放棄了，不也像打了放水球嗎？

那一瞬間，她想起昨晚烏米被 Bada 大仔召見後，想起他在電話裡說著「都解決了」的遲疑，想起 Power 的死，也想起烏米對她這一連串突如其來的舉動。剎那間，她明白了烏米的用意。她好傻，竟然就這樣相信烏米的絕情。

她必須要回到球隊去！這一次，她不能再讓烏米孤單一個人面對這一切。Nancy 突然站起身來，抓了包包衝出診間，留下滿臉錯愕的媽媽不知所措；而那位老醫生，好像非常滿意自己的處方似的，笑著不停點頭。

8

球來……就打！

我是個棒球員，這輩子，就只會打棒球……只要給我一次機會，一次就好，我會讓你們很快想起，什麼叫「全台灣最勇的 kada」！

這晚，天空壓著重重的烏雲，不時自遠處打下幾道閃電，從下午下起的大雷雨，並沒有任何要停的跡象。烏米的屋裡，十幾年的電風扇發出轟隆轟隆的巨大聲響，卻只能勉強吹出微弱的風，怎麼都無法驅散屋內凝重的空氣。

烏米整理著自己的東西，他把存摺、保險單、房契和一些金飾，都放進球具袋裡。看著沙發上愛犬 Power 習慣躺著的位置，烏米想起 Power 最怕打雷了，每當打雷下雨，Power 總是窩在沙發上，嗚嗚地發出低吼。現在 Power 再也不會叫了，天邊的雷聲聽起來居然有種寂寞的感覺；想到這裡，烏米不禁紅了眼眶，陷入沉思。

這時，博仔推門進來，打斷了烏米的思緒；淋得半身溼的他，一臉疑惑看著烏米。

「賢拜，坐呀……」說完，烏米把裝著細軟的球具袋拿給博仔。

博仔坐下來，打開球具袋看了看。他抬起頭問了聲：「這什麼意思？」

「你很久沒去我老家了，賢拜，幫我跑趟花蓮吧！」烏米淡淡地說。

「你叫我來，就是為了這個？」博仔皺起眉頭。

「嗯……」烏米無言地點點頭。

「烏米，你想幹嘛？怎麼不算我一份？」

「和你無關，是我自己的事。」

「什麼叫你自己的事？……你的事，不就是我的事？」博仔把球具袋放在桌上，眼神銳利地盯著烏米。

「賢拜，我不想……」對烏米而言，如果這件事，他可以一個人解決，也許，會是最好的結局吧？

「不想什麼？……」博仔突然吼了一聲，「我在講話，你是在應啥？」

烏米表情冷靜，轉過頭去點了根菸，不想面對學長的眼神。突然，天邊炸開一個響雷，這雷聲好大，好像就打在屋頂上面一樣。一聲巨響讓博仔陷入沉默，腦海裡都是過去和烏米一起打拚的回憶……當Bada大仔找上自己，要他帶著烏米玩這場球賽時，博仔從沒想過會走到這一步。即使今天進門之前，他心中還盤算著很多或許可以全身而退的方式。「不過就是一場球嘛！放一下又怎樣呢？」但他看到烏米的堅毅眼神，不知怎麼的，腦海裡全都是過去兩人從小到大一起拚戰的種種……

我只是棒球員，這輩子，就只會打棒球；我人生的所有感動，一起辛苦訓練、一起把妹、一起瘋狂、一起為比賽振臂高呼、一起為了挫折而沮喪迷惘，不都和棒球有關、不都和烏米一起嗎？棒球不是一個人能輸、一個人能贏的，我負責封鎖對方打擊，烏米負責為球隊攻下致勝分數，三十年了，不都是這樣過來的嗎？

沉默許久，博仔開口淡淡說道：「這輩子欠你的，我做一次還給你！……」

博仔知道，他們和 Bada 大仔的這場球賽終於來到九局下半，兩好三壞、兩人出局的局面，烏米的打算是：賭一球，全力揮棒！而自己呢？能在這時轉身走開嗎？

「要擔？你一個人擔得起嗎？」博仔突然笑了。他伸出手，準備和烏米來個花式擊掌。

他那令人安心的笑容，讓烏米緊繃的心，終於舒緩下來。這一刻，他體會到博仔與他之間那份濃得化不開的情誼，也知道他們不能失去彼此的情義相挺。

看到學長伸出了手，烏米也笑了；他用力地和學長完成了花式擊掌，兩人雙手緊握，一切，盡在不言中。

然後，烏米拿出手機，傳了一通簡訊……

在 Nancy 的豪華套房裡，媽媽正在整理行李，準備帶著 Nancy 一起回美國。原本是明天一早的飛機，但在 Nancy 的堅持下，媽媽決定讓她帶完這場球賽再離開。

這時，Nancy 手機響起，收到一封簡訊，打開一看，是烏米傳來的。

「領隊，中午很抱歉……明天的比賽，交給你了，你行的！場外的事，我會負責解決。烏米。」

烏米想幹嘛？Nancy 不禁擔憂地回撥電話給烏米，但對方傳來「轉接語音信箱」的訊息。她回頭不知所措地看著母親。

Nancy 媽停下收拾的動作，走過來，看看手機訊息。儘管此刻她擔心女兒會受到傷害，但也相當了解女兒的倔強與決心，就算再憂心，Nancy 還是會堅持把這場球賽帶完。媽媽給 Nancy 一個理解、安慰的擁抱，Nancy 也緊緊回抱，在媽媽溫暖的懷抱裡，暫時忘掉一切的煩憂。

半夜，阿宗師帶領著青屯球員們，又再度來到土地公廟前。球員們身上穿著比賽球衣，上面縫有大大的「忠誠」字樣貼布，那是小悠花了整個晚上的時間親手縫上去的。她與 Mori 正十指緊扣地站在隊伍中，Mori 很不捨，輕輕撫摸著她那被針刺傷多處的手指。

阿宗師領著球員，把球具一一在土地公香爐前過香火，每個人三炷香，對著土地公默禱。球員們嚴肅的神情中帶著一絲擔憂，他們祈求著球隊的勝利，也祈求著青屯高中棒球隊未來一切平安。

雨，終於停了。決賽的日子，是個適合棒球比賽的大晴天。

全國青棒聯賽的冠軍賽終於要拉開序幕，比賽場地台中洲際棒球場豔陽高照，更顯出球場的壯觀美麗。空氣中瀰漫著一股熱烈又緊張的氣息，以黑馬之姿一路過關斬將的青屯高中，終於挺進了冠軍賽。因為青屯的異軍突起，讓這次青棒聯賽的精采度大大提升，也讓觀眾又重新回到球場，他們想看看這支年輕的勁旅，將如何對決西苑高中這個傳統強隊。

這絕對是一場精采好球！觀眾陸續進場，人氣沸騰讓整個球場鬧哄哄，看台上旗幟飄揚、色彩繽紛，還有一些外國球探拿著測速槍準備發掘新人。

電視台已經架好攝影機，準備進行現場轉播，球場屏幕也出現和比賽相關的報導。比賽開始前，場中央有西苑與青屯啦啦隊的表演，熱情又充滿活力的演出，讓全場觀眾歡呼連連，博得滿堂彩。

內野的貴賓席上，全國體育主管單位的女長官及黃議員蒞臨，準備參加這場冠軍賽的開球儀式。而早已在貴賓席上等候的青屯高中趙校長，身穿全新的西裝，頭頂戴著前一天才剛保養回來的漂亮假髮；他搶著和女長官與黃議員握手，臉上滿是巴結的笑容。

「趙校長，你們球隊第一年就打進決賽，真有一套！」穿著貼身套裝的女長官嘉許著說。

「報告長官，這都是政府『兩岸棒球交流計畫』的功勞，我們做得還不夠，還要努力啦！」趙校長故作謙遜，不斷陪笑。

「不過話說回來……黃議員，最近我聽到傳聞說，高中棒球隊有不當管教的問題，你身為球員家長，又是球隊後援會會長，有發現什麼嗎？」女長官順口問了一旁的黃議員。

「不當管教？沒有啦……棒球訓練本來就比較辛苦，有些小朋友受不了苦，愛上網亂放話，其實都沒事啦！」黃議員苦笑回答。對於棒球這檔子事，他其實一點也不關心。

「嗯，沒事就好了。政府最近在推行品德教育，比賽結果沒那麼重要，重點是小朋友們都能在比賽過程中獲得成長……」女長官話還沒講完，工作人員就過來提示比賽時間已經到了，邀請她去參加開球儀式。

開球儀式由身穿黑色套裝的女長官站在投手丘上投球，青屯高中趙校長擔任打擊。就定位之後，女長官用力投出，結果球還沒有到達本壘板就已經落地，滾到一邊去了，害趙校長揮了一個大空棒；他用力過猛的結果，假髮居然飛出去掉在地上，透過球場螢幕播送，全場觀眾都樂得哈哈大笑！趙校長尷尬不已，趕緊撿回自己的假髮，飛也似的逃進休息室。

在這一陣混亂的開球儀式的同時，青屯高中休息室外，Nancy 一個人在走道沉思。

「明天的比賽，交給你了！」

Nancy 腦中只想著昨天烏米傳來的簡訊。比賽交給我了，可是，這場比賽，該怎麼打？她讀過美國高中棒球管理手冊，上面卻沒教過總教練不在、球隊又面臨黑道威脅放水的情勢之下，該怎麼帶一支球隊。這場比賽的開場，她不知道要怎麼對球員們開口。

「你行的！」

自己真的行嗎？關於台灣棒球的一切，其實她很多都不懂，她會的就只有拚著一口氣、懷著對棒球忠誠的信念，像隻瘋狗一般向前衝……

突然，Nancy終於懂了！她知道烏米為什麼覺得她可以帶好這支球隊，因為，棒球不就這麼簡單嗎？球來就打呀！場外一切狗屁倒灶的事，現在有烏米負責解決，那麼場上的球員，除了打球，還要管其他任何事嗎？

想到這裡，Nancy笑了，她知道該怎麼做了。Nancy拍了拍自己的臉，振作起精神，走進休息室對球員訓話。

「領隊，教練真的不來嗎？」隊長阿樂滿臉愁容地問。

「你們教練不敢看球，今天由我來帶球隊。」Nancy嚴肅地說。

「怎麼可能吶！」球員們不相信地驚呼著。

「騙你們的啦！」Nancy微笑著說，「烏米教練是最棒的教練，場外的事他還在解決，所以大家今天別想太多，只要負責贏球就好了！」Nancy笑著說道。在眼前這個時刻，她不能再給這些孩子們任何雜訊了。

她不能顯露出自己的擔憂，現在她必須做的，是做好一個稱職的領隊，先穩定球隊的軍心，這樣一來，無論烏米現在在做什麼，都不會有後顧之憂。

接著，她語氣堅定地說：「聽好了，西苑不是普通的球隊，我們千萬要穩紮穩打：每個人的棒子都給我握短一點，球往地上打，上壘後就看暗號，觸擊給我點確實，清楚嗎？」

「噢斯！」球員們應著。

「大家加油，幫教練、還有幫我們自己打場好球。來，喊聲！」一旁的阿宗師用他一貫溫和的語氣，鼓舞著大家。

「噢斯！」

「大聲點！我聽不到！」Nancy 學著烏米，大聲喊著！

「**嗨啦，青屯！**」球員們圍成一個圈圈，大聲喊著隊呼。此時的青屯高中儘管籠罩在一股不知教練安危的氣氛中，但全隊因此激勵出更高的士氣，要為教練打一場好球。他們氣勢高昂！

電視機播放著青棒聯賽的現場，比賽就要開始。電視裡傳來主播一貫熱血的播報聲。

「各位喜愛棒球，熱愛棒球，沒有棒球就吃不下飯、睡不著覺，甚至就活不下去的棒球痴、棒球狂、各位球迷朋友大家好，打ㄍㄟ賀，胎ㄍㄚˇ後……歡迎各位透過緯來體育台的現場直播，與台中洲際棒球場的球迷一起欣賞青春熱血的全國高中棒球聯賽的總冠軍決賽！今天的比賽是由去年的冠軍西苑高中，對上今年異軍突起的青屯高中，兩支球隊從預賽開始一路過關斬將，分別代表了台灣青棒的不同球風，今天的比賽一定精采可期，敬請各位觀眾一同為兩隊加油！」
坐在電視機前的是紅面爸，居酒屋今日歇業，他一個人端著啤酒，沉默而專注地盯著電視畫面。
這樣的棒球，真的不值得努力？這樣的棒球，真的不值得支持嗎？
紅面爸的心裡沒有答案，他又喝了一杯。

博仔的車在曲折山路間行駛，車內的兩人沉默著。轉過最後的彎道，Bada 大仔的豪宅映入眼簾，烏米與博仔看了看彼此。
「會怕嗎？」博仔問。
「放水球都敢打了，還怕個鳥呀！」烏米開玩笑地說。
兩人都笑了，卻也都掩不住心中忐忑。博仔伸出手，烏米立刻有默契地來了個簡單的花式擊掌。
博仔盯著前方，Bada 大仔的豪宅愈來愈巨大……

「Play ball!」主審裁判宣布比賽開始。

比賽由青屯先攻，西苑高中派出主將胡智為先發主投，這個被棒球界稱為「小嘟嘟」的天才投手，過去的三場先發出賽中，十九局的投球只丟了一分自責分，自責分率低到驚人的零點四七！這意味著青屯將會面臨一場苦戰。

今天青屯的陣容，同樣由 Speedo 擔任第一棒，他在一旁揮棒幾下熱身，接著走上打擊區，做出打擊姿勢。

西苑投手第一球投出。「好球！」裁判大吼一聲。

Speedo 被對方的球威所震懾，忍不住低聲叫了聲：「好快！」接著，他把棒子握短一點，投手投出第二球，Speedo 突然一個突襲短打，三壘手和一壘手都衝上前來守備，可惜 Speedo 沒點好，球出了界外，兩好球！

連續兩球失利，Speedo 並沒有焦急，他笑了笑，看三壘手守得近，心中有了盤算。他握緊球棒，面對投手投來的第三球，一個巧妙的揮棒，在清脆的木棒聲中，球越過三壘手頭頂，是支一壘安打！Speedo 順利站上一壘。

看台上歡聲雷動，休息區裡更是振奮。輪到第二棒小鳳，上場前，阿樂把他叫住。

「鋒哥的背號，現在，你背得起啦！」阿樂拿出奇異筆，叫小鳳轉過來，邊寫邊笑著說，「可是現在沒辦法改，這樣……行了吧？」只見阿樂在小鳳背號二十六的中間，寫了個小小的二十六，兩者相加等於五十二，正好是陳金鋒的背號。

「隊長，謝啦！」小鳳眼神感激，提起球棒上場了。

在隊友哄笑聲中，小鳳站上了打擊區；當然，他不會知道，隊長最終還是開了他一個玩笑：二六的中間加了個二六，「二二六六」……這台語呀，阿陸仔怎麼懂呢？

阿樂清楚得很，球隊現在需要輕鬆的氣氛，而他能做的，就是負責讓隊員們放鬆。

小鳳一臉嚴肅，看了暗號後，走上打擊區，雙手橫持球棒，胡亂比了個少林棍法的架勢，一臉殺氣地看著西苑投手胡智為。胡智為看了看休息區，教練比了個內野退一步守備的暗號，投手點了點頭，投出！

沒想到，小鳳還是擺出短棒，面對投手的第一球就點。這球的位置點得很好，球的去勢又慢，三壘手雖然快步向前，撿起球就向二壘傳，可是Speedo已經成功滑上二壘，小鳳也奮力撲向一壘！一、二壘有人，無人出局！

第三棒是紅面上場，這回也不用什麼暗號了，他短棒橫出來，擺明了就是要爭取一人出局，二、三壘有人的得分良機。不過，西苑投手投了個內角伸卡球，紅面點得太實，小白球向三壘方向快速滾去，在三壘手美技之下，先傳二壘再傳一壘，形成雙殺，西苑休息區裡響起一陣歡呼。

第四棒阿樂在三壘有人、兩人出局的局勢中走上打擊區。他轉頭望著看台，看見他爸爸一臉嚴肅地盯著他；阿樂雖然知道要放輕鬆，但在父親的注視下，卻一點都輕鬆不起來。黃利達議員一向不支持他打棒球，對經常服膺父親權威的阿樂而言，這是他唯一一項對父親的挑戰。在父親面前，他更在意自己的表現，希望父親能夠認同他的努力。

阿樂面對第一球，猛力一揮！擊出一個左外野方向的全壘打區旁界外球，氣勢驚人。可惜後來還是遭到西苑投手連續兩個外角滑球三振出局。阿樂沮喪地轉頭望向看台，只見父親一臉不滿意的表情，好像對阿樂說：「打球？你行嗎？」

一局上半結束，青屯無功而返，攻守交替。

青屯今天派出的先發投手是小剛，上場前 Nancy 特別關照他。

「這場比賽靠你了，行嗎？」Nancy 說。

「手痛，我會喊的！」小剛還是一臉酷樣。

小剛站上投手丘威風八面，很快三振了前兩棒，第三棒則擊出三壘強襲球，被阿樂用身體擋下，很快傳向一壘，完成刺殺。西苑三上三下，青屯高中的球迷們歡聲震天！一局結束，雙方比數零比零。

攻守交換間，阿樂作出勝利的姿勢，同時也把眼光轉向看台。不過，他看見父親只顧著和官員聊天，根本不關心自己的美技演出。阿樂感到有些失望，雖然隊友都興奮地和他擊掌，但他的笑容開始僵硬起來。

這時，有一個人默默坐在內野的一角，擦拭著欣慰的淚水，她是 Nancy 媽。第一次進場看球的她，感受到全場球迷熱烈的氣勢，看到球場上努力拚戰的球員，更看到球場旁 Nancy 臉上流露出她從未見過的認真、專注甚至開懷大笑的表情，那種發自內心的快樂與熱情，讓她終於了解，女兒為什麼對棒球那麼投入，甚至願意用性命來交換。

棒球，原來真的不是一個人能贏、一個人能輸的……那不只是場上球員們的對抗，而是一種信念、一種堅持的完美展現；唯有兩隊球員全力拚戰，他們的精神才能鼓動全場觀眾一起為比賽加油的熱情！

不過那股熱情，一旦曾經熄滅，就沒那麼容易再燃燒起來；現在，因為自己女兒的努力，全場球迷再次狂熱沸騰，而這股驚人的生命活力，結結實實地回灌到 Nancy 身上，這怎麼會不讓 Nancy 媽感動莫名、熱淚盈眶呢？

博仔的車子緩緩開上 Bada 豪宅的車道上，在門口停下。

烏米和博仔換上釘鞋，用彈性繃帶把球棒緊緊綁在右手上，烏米還將一把獵刀綁在小腿上。兩人給彼此一個鼓勵的眼光後，下車走進大廳；他們並肩的身影，彷彿回到以前年輕時，兩人相互扶持打球的背影，遠遠看來就像當年身著中華隊制服為國征戰一般，那樣威風凜凜、萬夫莫敵！

大廳裡，白目仔和他的嘍囉們，見到凶神惡煞般的烏米與博仔，有些吃驚。

「你們是想怎樣，找死呀？」白目仔上前挑釁；烏米猛然揮出球棒，擊中他的腿部，再用釘鞋一腳把他踢翻，白目仔痛得在地上打滾，慘叫不已。

「幹，我的狗叫 Power，不叫史賴打啦！」烏米大吼著！接著又對白目仔補了幾棒。一旁的小弟見狀，很快便上前圍堵，博仔也加入這場混戰當中；烏米與博仔奮力打倒了好幾個小弟，但終究還是寡不敵眾，球棒被奪下，更是被打倒在地。隨後，小弟們將兩人架到豪宅後方的棒球打擊場，Bada 大仔正在這裡操盤。

打擊場旁的大螢幕上正在轉播現場賽事，另一個螢幕則出現快速跳動的數字，那是球賽的下注情形。Bada 大仔正在講電話，River 則專注看著青屯與西苑的比賽。River 發現烏米和博仔被小弟們架著進來，大吃一驚。而在一旁講電話的 Bada 眉頭皺了一下，但嘴邊電話並沒有停下來。

「當然，當然呀！局長，免擔心啦，這樣才逼真嘛！好……好……我知……穩啦，穩賺啦！」又和對方交陪幾句後，Bada 大仔掛了電話，瞥一眼烏米和博仔，不動聲色地走到吧檯，給自己倒了一杯酒。

「現在是怎樣，決賽耶！」Bada 大仔自顧自的喝了一口酒，盯著螢幕說，「兩位大教練都不用到場，難道，兩位也想插牌嗎？」

烏米奮力掙脫嘍囉，把小腿上的獵刀拔出來，用力往桌上一插。

「大仔，我插這隻啦！」烏米說道，一旁的 River 很快上來壓制烏米。Bada 看著桌上的獵刀，冷笑一聲，揮揮手要 River 放開。他看著烏米和博仔兩人，從容不迫地從吧檯下拿出暗藏的手槍，拉一下槍機，對準他們。

「你跟我插哪隻？」Bada 微怒地瞪著兩人，「那我這隻賠你！」

「你賠不起啦！」烏米威風凜凜地說，「我上次說，那些孩子欠你多少，我擔了！大仔，是不是我擔得起，你就可以放過我們球隊？」

「擔？你用什麼擔呀？」Bada 大仔輕蔑地笑著。

「全台灣最勇的 kada，擔得起吧？」烏米突然拔起桌上的獵刀，比著自己的右肩。

「烏米！你想幹嘛？」博仔沒想到烏米會這麼做，驚叫出聲。

「架勢不錯嘛！」Bada 冷冷笑著說，「好啊，只要你下得了手，我就放了你，還有你的爛球隊！」

「大仔，說得出，要做得到吶！」

「烏米！」博仔想要阻止，卻被烏米用力甩開。烏米的左手高舉獵刀，牙一咬，用力向自己右肩刺入！他的臉孔因為劇烈疼痛而扭曲著。

看見這一幕的 Bada 大仔，瘋狂地獰笑著，一旁的 River 不可置信地睜著大眼，心中受到巨大衝擊。

球場上，計分板掛了一堆零蛋，顯示這是一場實力相當的投手戰，兩邊都無法突破封鎖。比賽來到四局下半，充滿了緊繃的氣氛。

場上投球的還是青屯的先發投手小剛。第一球投出，可是腳步沒有踏穩，一個失投球，被西苑打者擊出二壘安打！小剛的表情有點痛苦，他下丘做了點伸展操，這時阿宗師上來和小剛溝通。

「怎樣，還行嗎？」阿宗師擔憂地問。

「我不是裝的，快叫 Mori 熱身！」小剛摸摸自己的手臂，滿頭大汗地說。

阿宗師將小剛留在場上，返回休息區，趕緊叫 Mori 準備。小剛繼續投球，但狀況明顯轉壞，他先保送了一個打者，形成一、二壘有人，接著又被擊出中間方向穿越安打，Speedo 接到球之後快傳回本壘，球傳得很準，紅面接進手套裡，同一時間西苑跑者衝回本壘，對捕手來個正面衝撞，紅面被撞翻了一圈，可是他沒掉球，這一分守下來了！青屯看台歡聲雷動，紅面狂吼為自己加油。

一出局，一、三壘有人，內野手們比個抓雙殺的手勢。小剛投出，對方擊出一個中間方向不遠的高飛球，Speedo 向後退了兩步，看準球的來勢，又向前衝了兩步完成接殺。接著他大喊一聲「呀！」將球傳回本壘，但是球傳得太高了，西苑三壘跑者藉著這支犧牲打順利回到本壘，先馳得點；一壘跑者則衝過二壘還想往三壘跑，紅面很機靈，趕快將球傳給阿樂，將跑者觸殺在三壘前，結束了這個半局。西苑打破鴨蛋，取得一比零的領先局面。

西苑休息區裡氣勢高漲，青屯的隊員則顯得有些懊喪，小悠、Nancy 與阿宗師趕緊鼓勵球員，想辦法穩定球員的心情。

五局上輪到青屯打擊。在休息區內，Speedo 滿懷歉意地對小剛說：「這分不該掉的……

這分，等下我還給你。」

「No mind! No mind! 這局只掉一分，算撿到的。」小剛比比自己的手，事實上剛才的最後幾球，他已經是硬撐著投，右腳也微微發抖，那個重心不穩讓他好像有點受傷了。

「我真的很想投下去，但接下來……靠你了！」小剛轉頭對 Mori 說。

Mori 點了點頭，和小剛擊了掌，笑著說：「今天球探那麼多，也得讓我露露臉嘛！」

這時，場上打擊的阿樂又被三振出局。他氣得把頭盔摔向座椅，怒氣沖沖地喝著水，手抖著抖著，臉上表情扭曲，居然，眼淚掉了下來。

Nancy 過來拍了拍阿樂：「隊長 No mind，等下打回來就好啦！」

「要是哭就能贏，找哭調仔打四棒就好啦！」阿宗師扮笑臉地說。

阿樂點了點頭，起身走向 Speedo 說了聲「No mind」。Speedo 對他做個愛哭鬼的表情，想逗他笑，阿樂伸出手和他擊掌，心情也平緩了下來。

青屯接下來的打者打出的第一球就被刺殺，計分板也亮起三人出局的燈號。攻守交換，Nancy 喊住要上場的球員們，耳提面命一番。

Bada 看著電視轉播，六局上半青屯三上三下，零比一落後西苑。他笑瞇瞇地說：「你看看，就說你們認真打，也不一定贏嘛！」說完，Bada 走到烏米面前，烏米的右肩一片血水，獵刀刀柄還直直插著，刀身已經整個沒入肩頭！他忍著痛楚，臉色慘白，一旁的博仔焦急不已。

「果然好樣的，一聲不吭，我大仔實在佩服……」Bada 突然伸手握住刀柄，故意用力轉了兩下，烏米痛得慘叫。Bada 饒富興味地看著痛苦的烏米，似乎還在想怎麼樣會比較好玩。

「會哀哀叫了？幹！我還以為你有多勇咧……」

緊接著，Bada 目露凶光，用力將獵刀拔出；那瞬間，烏米肩上傷口的鮮血猛然噴出，博仔忍不住大叫：「大仔！就放過他吧！」

Bada 大仔用得意的眼神瞪著烏米和博仔說：「沒那麼簡單啦！」他揮揮手示意 River，「來，把人給我架起來！」

在 Bada 的指揮下，已經因為失血過多而奄奄一息的烏米，被綁在打擊練習場中央的柱子上，就像之前的土虱一樣。Bada 幾近瘋狂地笑著，把發球機對準烏米。

「烏米，你們以前的『佛力把定』，一次都打幾球呀？」Bada 大仔裝模作樣地問著，可是此時的烏米怎麼有力氣回話？

「沒多少，七、八十顆吧！」Bada 怪聲怪調地學烏米回答，然後他接著說：「來，我們先打個兩百顆……」Bada 大仔又轉頭對 River 說：「要拍到喔！拍好一點啊，哈哈哈！」

Bada 說完，啟動了發球機，一顆一顆高速飛行的紅線球，無情地朝烏米飛去……

正當Nancy對球員打氣時，她的手機鈴聲響起，由阿宗師代接。他打開傳過來的視訊時，被血淋淋的畫面驚愕到不能言語。走進休息區的Nancy發覺阿宗師神色有異，過來要拿手機，阿宗師怕她承受不起這樣的打擊，不肯給她。Nancy覺得事有蹊蹺，堅持要看手機，阿宗師只好把她帶進球員休息室，才把手機交給她。

Nancy看著視訊，畫面中的烏米已經被打得不成人形，臉上胸前全都鮮血淋漓，手機裡傳來Bada的聲音。

「軟絲仔，看見了嗎？我對身邊的人沒什麼要求，只有一個條件：一定要聽話，這很困難嗎？」

Nancy咬著自己的虎口，忍耐著不哭出聲。她躲在球員休息室裡，豆大的淚水不聽使喚地一直滴下來。她該怎麼辦？看著烏米的慘狀，她真的心如刀割，為了一場球賽犧牲烏米的性命，值得嗎？此刻的她甚至想衝到球場上對著球員大吼：「放水吧！輸吧！」誰呀？誰來救救烏米啊！

電話那一端的Bada大仔一臉滿足地看著轉播，一面把手機交給River，讓River持續拍攝。「讓她看個夠！這恰查某有夠天真，不知天高地厚……」

突然，烏米對著手機大吼：「領隊，看sign……」烏米掙脫身上的繩子，往自己的頭和肩上比了幾下，但很快就被一旁的小弟連續狠揍幾拳，倒地前，他還繼續比畫……

看著烏米奮力做出最後一搏，Bada 大仔徹底被激怒了，大吼著：「幹！這時候還比什麼 sign？什麼 sign 都還是要輸啦！」

電話這頭，Nancy 痛苦地看著視訊，雖不完整，但阿宗師和她都看出來了，那是 home-run sign！視訊至此結束。

阿宗師看著像自己孫女般的年輕女孩如此痛苦，心疼不已；這位充滿智慧的長者仔細想了想，拍了拍 Nancy 的肩膀，鎮定地說：「領隊，既然教練下了這個 sign，我們就得照著做……你好好看著，看我怎麼處理！」

阿宗師起身，理了理帽子，朝球場走去。這時投手 Mori 正完成投球練習，阿宗師要野手們到投手丘集合。

「剛才領隊接到電話……」阿宗師笑著說，「教練說，場外的事情，通通都解決了啦！」球員們聽到這個消息，全都露出驚喜的表情，在投手丘前狂喊歡呼！等到野手們回到守備位置之後，阿宗師用手掩住嘴形，低聲交代 Mori：「上去先丟一個，丟痛一點！」

Mori 不解地問：「阿宗師，現在一分差耶！」

「一分差才叫你丟呀！這種大場面不讓你練，難道等經典賽嗎？去！」阿宗師堅定地說。

阿宗師心想，要是教練在場，他應該也會這樣做吧？

Mori 面對的第一名打者，剛好是之前在練習賽也曾被 Mori 投到觸身球，卻說打到不會痛的西苑球員。他站得非常靠近本壘。

Mori 回頭看看休息區的小悠，她對 Mori 做出一個可愛的加油手勢。Mori 又看了看自己指甲上小悠做的愛心圖案彩繪，深深吸一口氣，用力投出！球命中腰部，打者痛得在地上打滾，Mori 脫帽表示歉意，嘴邊卻露出一抹微笑……

被我的球打到很痛，對吧？不用你倒在地上表演，因為，早就有人告訴過我了。

Bada 大仔看著電視轉播 Mori 的觸身球，開懷大笑：「這才聽話嘛，老灰仔開始放了！」

轉播畫面中，第二名西苑打者上場，他退離本壘板半步，雖然想要觸擊，可是 Mori 的近身球投得好，打者只點出捕手上方的小飛球，接殺出局。下一名打者上場，Mori 第一個滑球被擊出界外全壘打！難纏的打者連續選掉幾個壞球，Mori 額頭冒汗，又拚命投出一球，最後打者擊出游擊手前的滾地球，雙殺！電視中傳來全場歡呼聲，青屯的球員們開心地擊掌下場，準備攻擊！

Bada 臉上的表情從歡喜轉為鐵青，他看著 River 說：「到底是按怎？他們沒收到訊息嗎？還是這些小鬼都不要命了？」

烏米倒在地上，渾身是血，雖然已經無力做出任何動作，但他的神志還沒完全喪失，嘿嘿嘿地發出低沉的笑聲；因為他知道，他用生命下的暗號，有人接收到了！

「笑啥？是因為你下的 sign？」Bada 瞪著烏米。

烏米沒力回答，只是虛弱地、嘿嘿嘿地笑著；Bada 大仔聽到他的笑聲，歸懶趴火都燒起來了！他舉起手槍，對準烏米就想給他一槍……但在這一瞬間，Bada 大仔突然表情扭曲，用手摀著頭，一陣劇痛穿過他的腦袋；他轉過頭，瞠目結舌地看著手握球棒的 River，只見 River 的額頭青筋暴露，眼裡充滿血絲。

「River……」一聽到 Bada 的微弱呼喊，River 不讓 Bada 再有反擊的機會，又狠狠朝著 Bada 的頭部猛揮幾棒，直到他倒下為止。

「幹！恁爸在看球，你在雜雜唸是在唸啥？」River 怒吼著。

倒地的 Bada 大仔血流滿面，身體不停抽動，顯然已經身受重傷；可是 River 還不放過他，對著他的腦袋不停地一棒一棒揮去，直到 Bada 大仔的身體停止抽動為止……

「我這一輩子，就只想好好看幾場球，甘有那麼困難？」River 惡狠狠地往 Bada 大仔的屍身吐了一口口水。

其他的小弟目睹這一切全都嚇傻了，愣在一旁不敢妄動。

River 發狠地瞪著他們說：「沒看到死人喔，還不快閃！」小弟們一聽全都做鳥獸散。

River 走向烏米和博仔，彎下腰去扶起兩人。

「River，你這是……」博仔奄奄一息地說。

「你們的責任是把球打好，要砍人，我來就好！」他回頭看看倒在血泊中的 Bada，忿忿地說，「幹，這種人如果不死，中華隊是要輸到民國哪一年呀？」

休息室內，Nancy 蹲坐在地上，全身癱軟得起不了身。這時電話再度響起，顯示一則新的視訊，Nancy 戰戰兢兢開啟，畫面上是 River。

「軟絲仔，烏米沒事了，你們就安心打好這場球吧！」River 說完，給了個勝利的手勢。接著，Nancy 看到烏米腫得亂七八糟的臉上露出疲憊的笑容。Nancy 心中的恐懼與擔憂瞬間化為烏有，只是她的身心受到太大震撼，再也沒有力量走到休息區和球員們一起奮戰了……

八局下結束，阿宗師集合全體球員訓話。

「大家聽好！今天，大家的表現是十分，如果把這分數加上去，我們已經贏啦！比賽到這裡，我們能想到的，對方也一定想得到。與其綁手綁腳，還不如讓你們任性一點。記得我的話，什麼都別多想，球來就打！來，喊聲！」

球員們振臂高呼：「嗨啦，青屯！」士氣再度振奮起來。

站在遠方看著阿宗師訓話的 Nancy，此時終於了解之前烏米說過的：「台灣的棒球，我們有我們的玩法！」或許，在台灣的某個角落，也有像阿宗師這樣的棒球教練，用著美國人或日本人都無法理解的棒球哲學，默默地打著屬於台灣的每一場棒球賽吧。

球賽來到九局上半，青屯以零比一落後，計分板顯示青屯只擊出三支安打。輪到 Speedo

上場打擊，他一直擺出要觸擊的姿態，但精準的選球讓他獲得四壞球保送。

下一棒是小鳳，上場前，他有些擔憂地問阿宗師：「阿宗師，真的沒戰術嗎？」

「懷疑唷？」

「可是我腿一直抖……可以讓我觸擊嗎？」

「卒仔呀你！那給我觸好一點！」阿宗師拍拍他的頭，趕著小鳳上場。

小鳳果然擺出短棒，並且成功地把 Speedo 送上二壘。接著第三棒紅面上場。因為知道 Speedo 的快腿，西苑投手做了兩次牽制，但 Speedo 沒有因此退卻，他不斷飛撲回壘，嘴裡還不停默唸「一，二，三……一，二，三……」抓著投手的節奏，等待盜壘時機。

終於，在投手投出下一球時，Speedo 成功地盜上三壘！Speedo 興奮之餘，對著紅面大喊：「紅面！往天空打！只要你打出來，我一定跑回去！」

這時，西苑喊了一個暫停，教練上投手丘開會，Speedo 的嘴角揚起自信的笑容。

暫停結束，比賽再度開始，西苑縮小守備圈，投手這球投出，是個壞球。西苑捕手準備把球回傳給投手，投手則看著教練的暗號。Speedo 在球還沒進投手手套時，突然發足狂奔，盜向本壘！投手一個沒注意，回傳球又傳高了，Safe！一比一平手，全場陷入一陣瘋狂！Speedo 又跳又叫，和小剛抱在一起說：「看吧！我就說會還你一分！ＯＫ的啦！」

西苑投手繼續投球，但被 Speedo 這樣一攪局，情緒很顯然受到影響，被紅面擊出二壘安打。西苑叫了暫停更換投手，他們派出王牌終結者，至少要守住目前的局勢。而青屯這邊輪到四棒阿樂打擊。上場前，阿樂向休息區裡看了看，發現有球場工作人員、警衛正在和Nancy說話。阿樂想上前去了解，卻被阿宗師拉住。

「隊長，別往回看！所有的壓力，都留給大人吧！」阿宗師說。阿樂點點頭，提起球棒往球場上走。

「記得看sign唷！」阿宗師在他身後提醒著。

阿樂一上場，對方投手就投了一個內角快速好球。他退出打擊區，回頭看到阿宗師摸了摸胯下，比了個homerun sign，阿樂笑了；他重新走進打擊區，深深吸了一口氣，這時的他，不想再回頭看休息區發生了什麼事、不想再回頭找尋父親關愛的眼神……

全神貫注，全力揮棒！Homerun sign，教練教過的。

遠遠站在休息區看著阿樂身影的Nancy，或許是淚眼模糊看不清吧？此刻的她，彷彿看到當年對棒球充滿自信與拚勁的烏米……烏米，全台灣尚勇的肩膀、棒球遊俠烏米，又再次站上打擊區了！

西苑投手做好準備動作，投出一個非常強勁的直球，阿樂用力揮棒；他聽見一個清脆的撞擊聲，那是擊中甜蜜點才能有的夢幻聲響！只見打出去的球飛得很高很遠，全場瞬間爆出了歡呼聲，阿樂拚命跑壘，腦海中不斷閃過的是這陣子以來球隊艱苦的奮鬥、努力打拚的情景、教練的奮不顧身、領隊的全心投入、阿宗師的時時守護，更重要的是隊員之間歷經一次一次的奮戰所累積的情誼，這是他年輕的生命中，至今為止最重要的東西……

他終於知道自己為誰而戰！阿樂愈跑愈興奮，他打出的是一支兩分打點的全壘打！在全體隊員歡呼聲中，阿樂跑回本壘，接受英雄式的歡迎；至於黃利達議員到底有沒有跟著全場青屯的球迷一起歡呼，好像沒人在乎了，包含阿樂本人在內……

在 Bada 的豪宅裡，經過簡單包紮與急救，烏米和博仔都慢慢回復了神志。River 幫烏米和博仔兩人點了菸，他們三人一起看著球賽轉播，等著遠方的警車嗚笛聲愈傳愈近。

看到阿樂的全壘打，看著這奇蹟般的逆轉，River 有感而發地說：「大哥，十年後的棒球經典賽，你說，我們能拿冠軍嗎？」

「River……」烏米從 River 的眼中看到一個真正熱愛棒球的人，他深受感動。

River 問這樣的問題，其實並不真的想得到答案；或許只要認真打過，比賽是輸是贏，結果也沒那麼重要啦！

只見 River 從容地抽著菸，繼續回頭盯著螢幕上精采的比賽，臉上全是享受看球樂趣的愉悅。

這一天，紅面家的居酒屋熱鬧滾滾，紅面爸不停地忙進忙出，整間居酒屋全被青屯高中棒球隊包了，歡樂笑聲滿溢著。

居酒屋的牆上有許多大幅的紅面照片，既英勇又帥氣。球員們輪流在阿樂的球衣上簽名，上面寫著：「恭賀隊長出國留學紀念！」

這是阿樂的出國歡送會，在父親的安排下，下週，阿樂即將啟程前往倫敦當起留學生，告別他的棒球生涯。

小悠是最後一個簽名的人。簽好以後，她把球衣摺好交給阿樂，阿樂感動地收下，心中暖暖的。

「隊長，日本、美國那麼多學校可以唸，幹嘛去英國呀？」小悠睜著大眼，不解地問。

「是啊，英國有什麼好？去英國又沒有雞排和珍珠奶茶！」Mori 說。

「我爸逼我的呀！他說，英國人不打棒球，我到那裡念書，就可以和棒球絕緣了……」阿樂無奈地苦笑。他對 Mori、Speedo 兩人說：「真羨慕你們兩個，國家隊都讓你們進了，真了不起！」

是的，與西苑高中那場精采的冠軍賽結束後，對於 Speedo、Mori、小剛和阿樂的精采表現，現場的球探都有相當高的詢問度。只不過，阿樂要去英國留學，而小剛在「兩岸棒球交流計畫」結束後也要返回中國，只有 Speedo、Mori 選上國家代表隊。阿樂對於他們能繼續打棒球相當羨慕。

「了不起個頭啦！國旗有那麼容易扛嗎？將來，還有得操的呢！」Speedo 說。

「小剛、小鳳，你們呢？回到中國，還打球嗎？」Mori 問。

一系列的賽事打下來，這兩位來自中國的球員，已經和大家培養出非常好的情誼；但交流計畫結束後，他們都必須返回中國，大家感到很依依不捨。

「我先去美國，將來我們大聯盟見！」小剛臭屁地說。事實上比賽結束後，確實有國外的球探直接與他接洽，但未來的發展，他得回中國以後才能決定。

小鳳則拿出買好的太陽餅與鳳梨酥禮盒笑笑說：「回去怎樣再說啦，至少這太陽餅先給我爸媽嚐嚐！」

聽到小鳳的話，大家都笑成一團。

這時，始終不見人影的紅面終於出現。一看到紅面，小剛指著牆上的那些照片，開玩笑地說：「用 Photoshop 做的吧？你哪有那麼帥啊？」

「這可是我爸請專業攝影師拍的呢！」紅面得意地說。

原來比賽那天，紅面爸雖然沒有到現場看球，但他請了一個專業運動攝影師，到現場完整記錄了紅面在比賽過程中的各種英姿，也記錄了整個比賽過程。

「哇！」其他球員都羨慕不已。

紅面拿出一本剪貼本遞給阿樂，封面寫著「台灣青棒夏季聯賽亞軍紀念：青屯高中」。這是紅面花了好幾天才做出來的。

阿樂打開剪貼本，大夥全湊過來看，剪貼本裡面全是比賽照片集錦。阿樂一面翻著，隊友們看著比賽的點點滴滴，時而笑罵、時而驚嘆，彷彿又重新經歷了有笑有淚的那一天。

阿樂慢慢翻到最後，映入眼簾的是決賽九局下半青屯丟分的照片：阿樂失誤、西苑連續安打、青屯球員表情痛苦、西苑球員歡呼、青屯的球員列隊向觀眾鞠躬、阿樂痛苦地掉下眼淚、看台上的觀眾熱情鼓掌……

阿樂看得心情有點失落，大夥拍拍他的肩膀，Speedo 則對他說：「No mind!」接著，紅面拿出一顆棒球，上面寫著「青屯 vs. 西苑 **2RBI HR**（兩分打點全壘打）」，這正是在九局上半，由阿樂擊出的那顆兩分全壘打球。

「隊長，不論是贏是輸，至少我們打了一場乾淨的比賽啊！」紅面說完，將球塞給阿樂。

「對啊，」小剛冷不防地接了一句，「如果西苑輸了，人家會說他們打放水球嗎？」隊友們都點點頭表示贊同。

阿樂看著手上的全壘打球，眼眶居然溼了。他看看隊友，每個人都帶著笑容看著他，阿樂抹了抹眼淚，伸出手來大喊著：「來，喊聲啦！」

全體隊友也都開心地伸出手，大家氣勢高昂大喊著：「**嗨啦，青屯！**」充滿熱情活力的喊聲，迴盪在小小的居酒屋裡。

一直在角落默默看著這一幕的紅面爸，擦擦自己盈眶的熱淚，帶著滿滿的感動，轉身下樓去了。

值得的！就算是這樣的棒球，也值得拚命、值得全力守護。

終章　比賽過後

高級餐廳裡飄盪著輕柔的現場演奏鋼琴聲，佳餚不斷送上桌，用餐的人們愉悅交談著。餐桌上，Nancy 和媽媽並肩而坐，這又是一次相親場合。

Nancy 帶著嬌羞的笑容，低頭慢慢吃著。

「我們家 Nancy 心地絕對善良，就是在個性上……好啦，她就是比較任性，你確定受得了？」Nancy 媽喝一口紅酒，微笑著說。

「我要先說唷，我身體不好……先天的紅斑性狼瘡這種病，你聽說過吧？」Nancy 瞪著對方，挑明著說。

「還有，Nancy 對人生、感情，還有棒球，都是一樣認真的，要是你對不起她，我這老媽是會和你拚命的唷！」Nancy 媽語帶威脅，邊說還邊將手中的刀叉指著男子。

「拚命？誰要和他拚命呀？我找殺手來就行啦！」

「Nancy！」媽媽聽到 Nancy 的話，以眼神制止她，Nancy 對媽媽吐了吐舌頭。

「我……我一定會全心全意對待她，伯母放心啦！」這時坐在兩人對面，穿著整齊，神情卻相當緊張的烏米，終於支支吾吾地開口說話。

「那我得先檢查一下，看看你的眼睛是否還閃閃發光……」Nancy 說完站起身來，把臉湊近烏米，害烏米窘迫得手足無措。

在一旁的 Nancy 媽看著這一幕，滿意地露出微笑。

青屯高中校長室裡，工人忙進忙出地重新裝潢，新校長預計在一個月後上任。原來，青屯高中雖然在冠軍賽失利，輸給西苑只得到亞軍，但這一股氣勢讓青屯成為炙手可熱的球隊，許多廠商爭先恐後想要贊助球隊。趙校長眼看機不可失，當下就以兩倍的高價，將校長的職位賣給一位從美國回來、原本管理什麼亞洲地區行銷、名為 Scott 的年輕 ＡＢＣ；據說，他在美國還曾擔任運動員的經紀人。

至於卸任後的趙校長，此時正在一個告別式上痛哭流涕。他在靈堂前悲傷地哭泣，但臉上始終沒有一滴眼淚，一旁的家屬顯得有些不知所措，後面排隊準備公祭的人則充滿不耐。

他們看著他身上的黑色背心，「立法委員候選人趙通和」的字樣，隨著他激烈的哭泣抽搐而抖動著。

一旁的禮儀公司人員看看手錶的時間，走上前去攙扶趙校長，以便進行下面的程序，免得耽誤了家屬的時間。沒想到，剛才過於激情的演出造成假髮鬆動，趙校長一起身，假髮竟然又瞬間滑落到地上……

「這爛假髮，怎麼那麼容易掉呀？」糗翻了的趙校長，氣極敗壞地在心中狂罵；只是他不知道，這頂他花了四萬八千塊錢、和換帖兄弟 James 訂購的高級假髮，實際價值只值四百八啦！

球來就打

原創劇本／涂芳祥
小說共同創作／周彥彤
劇照提供／鬥陣影像工作室

主編／王心瑩
編輯／余素維
封面設計／唐壽南
內頁設計／邱銳致
行銷企劃／陳佳美
出版一部總編輯暨總監／王明雪

發行人／王榮文
出版發行／遠流出版事業股份有限公司
地址／台北市南昌路2段81號6樓
郵撥：0189456-1
電話：(02)2392-6899
傳真：(02)2392-6658
著作權顧問／蕭雄淋律師
法律顧問／董安丹律師
2012年8月1日初版一刷

行政院新聞局局版台業字第1295號
定價／新台幣280元（如有缺頁或破損，請寄回更換）

ISBN 978-957-32-7029-4
YLib 遠流博識網 http://www.ylib.com
E-mail: ylib@ylib.com

國家圖書館出版品預行編目（CIP）資料

球來就打 / 涂芳祥、周彥彤著. -- 初版. -- 臺北市 : 遠流, 2012.08

面；　公分

ISBN 978-957-32-7029-4（平裝）

857.7　　101013603